全国中考语文
热点作家
作品精选

做最美的自己

崔修建　著

中学生必读励志类经典美文
中考作文素材类优秀作品

作者曾多次命中中考作文及阅读理解原题

哈爾濱工業大學出版社
HARBIN INSTITUTE OF TECHNOLOGY PRESS

图书在版编目(CIP)数据

做最美的自己／崔修建著.—哈尔滨:哈尔滨工业大学出版社，2017.1
（全国中考语文热点作家作品精选）
ISBN 978-7-5603-6267-0

Ⅰ.①做… Ⅱ.①崔… Ⅲ.①散文集-中国-当代
Ⅳ.①I267

中国版本图书馆CIP数据核字(2016)第260134号

策划编辑　张凤涛
责任编辑　苗金英
装帧设计　恒润设计
出版发行　哈尔滨工业大学出版社
社　　址　哈尔滨市南岗区复华四道街10号　邮编150006
传　　真　0451-86414749
网　　址　http://hitpress.hit.edu.cn
印　　刷　哈尔滨市石桥印务有限公司
开　　本　787mm×1092mm　1/16　印张13　字数198千字
版　　次　2017年1月第1版　2017年1月第1次印刷
书　　号　ISBN 978-7-5603-6267-0
定　　价　25.00元

目 录

第一辑　每一天，都与世界美好相待

美给自己看 /002
因为我在那个位置上 /005
凝望生命的绿草地 /007
不加锁的幸福 /010
爱得纯净 /013
眼前就有好风景 /015
甘甜的不只是井水 /018
我想让他们听到我的掌声 /020
爱谁都幸福 /022
编织快乐 /024
落叶不只是在秋天 /026
母亲在看着我 /028
温暖一生的圣诞卡 /030
只想遇见你的人生 /032
美善的花静静地开 /035

第二辑　一路向前，带着你的欢喜、你的明媚

只管向前奔跑 /038
本是一颗不幸的黑痣 /040
久久芬芳的书香 /042
有一种爱是静水流深 /045
那些动人的风雅 /048
融入城市的父亲 /051
淡定真好 /054
把好风景装在心里 /057
奇迹的名字叫父爱 /059
一把花籽，满园芬芳 /061
四分钱的午餐 /065
只要一点点就足够 /068
有些时光是用来发呆的 /071
一个人去墓地 /073
亲看花开花落 /075

第三辑　纵然生活以痛吻我，我也会回报以歌

沉浸在一片静美里 /078
不能花开，就请叶绿 /080
请珍惜点点滴滴的幸福 /082
别样的汉堡包 /084
且歌且舞，在漏雨的屋檐下 /086
有一种花叫不谢 /089
漫步去天堂 /092
最美的母亲 /095
赞赏儿子的工作 /098
每个生命都被阳光温暖着 /100
会飞的发卡 /102
我们的输赢都在路上 /106
邂逅你的苦涩年华 /109
像自己这样生活 /112
90 岁的市长 /115
那个跟头摔出来的是精彩 /117
心灵的皱纹不必抚平 /121

第四辑　明天优秀的你，一定会感谢今天的不将就

诗人究竟能做什么 /124

学会跟自己比赛 /127

必须吞下那份苦 /131

刻骨铭心的 2 分 /133

有些事情不去做就是在行善 /137

天使是老师的样子 /139

相信你也拥有一份独特的美丽 /142

沉重的十块钱 /145

尚奶奶的小说 /148

行走，只为心灵的召唤 /150

真正的富足是心灵的自由 /153

天使看见了她的爱 /156

向尊重致敬 /158

幸福着他们的幸福 /160

举手之间，善美花开 /162

第五辑　边走边唱，做最美的自己

最幸福的理发师 /166

无言的爱 /169

怀揣两块糖 /171

谢谢你纯真的赞美 /173

流水照花 /175

懂得心疼 /177

幸福像花儿一样 /179

爱的对面也是爱 /181

母亲一直在倾听 /184

汇款单里的爱 /186

冬日里的那缕温暖叫永远 /188

提醒，是一种特别的爱 /191

母亲不为儿子骄傲 /193

你是我的好兄弟 /195

流泪的散沫花 /198

第一辑　每一天，都与世界美好相待

每一天，我们都怀揣盈盈的爱意，在红尘中走过，看到美，欣赏美，创造美，与世界上所有的美好温柔相待，忘了时光的远走，满眼都流露着欢喜，满心都荡漾着欢欣。也许只是一树花开，也许只是一叶书香，因为忘我的沉浸，点点滴滴的平凡无奇，也陡然变得那般魅力无穷。

美给自己看

朋友带我一路翻山越岭，前往深山密林间，去寻找那位养蜂人，只为给远方的亲人买到最为纯正的蜂蜜。

路上，朋友告诉我，那位养蜂人很能干，也很能吃苦，每年他都要带着蜂箱，去很远的山林里，找到蜜源最丰富、最安全的地方，一个人驻扎下来，长时间地忍受着孤独，直到收获了让人啧啧赞叹的蜂蜜，才会欣然地回到山下的小村子，和家人幸福地团聚。

养蜂人的妻子身体一直不大好，他赚的钱，很多都当成了妻子的药费，他对妻子的种种好，熟悉他的人没有不跷大拇指的。前年，他的妻子病逝了，原本就有些不大爱说话的他，一下子变得更沉默了，人也苍老了许多。他有一个女儿，在南京读大学，听说学习挺好的。只有提起女儿，他的话才会多一些，语气里也多了自豪。

在转过一个山窝窝时，一条清凌凌的小河，突然出现在我们面前。河水清澈见底，河中有巨大的白岩石和光滑的鹅卵石，石缝间有小鱼欢快地游着，我俯下身，掬一捧河水送入口中，一股惬意的清凉直抵肺腑。

蓦然抬头，前面不远处，一个穿红格子衬衫的女孩，正蹲在河边的青石板上，蘸着河水，轻轻地揉洗着长长的秀发，绵软如絮的阳光，轻吻着她白嫩的臂膊。她没有使用洗发香波，也没有用香皂，只选了从山中采来的天然皂角。那垂向河水如瀑的黑发，与她柔曲的腰肢，以及身后那青翠的山林，构成了一幅天然的美图。

女孩直起身来，拿出一把木梳，以河水为镜，一下、一下，爱恋有加地兀自梳理着湿漉漉的秀发，像一只极为爱惜自己羽毛的孔雀。

“真是一个爱美的女孩。”我轻轻地赞叹道。“她是美给自己看的。”朋友轻松地说。

是的，她或许居住在幽深林间的某一个小屋，很少有人能够看到她的美，但那又何妨？她可以美给自己看啊。

继续往前走，眼前猛地冒出一大片开得正艳的芍药花，我和朋友都惊喜地大叫起来，我们跑过去，欣喜地用手抚摸着，贪婪地嗅着花香，还拿出手机，不停地拍照，恨不得把那令人惊颤的美，全都收录下来。

“可惜了，藏在这样的深山老林里，很少有人能够看到它们的美。”朋友有些惋惜地说。

“它们是美给自己看的！”我立刻联想到了刚才在河边洗发的那个女孩，想起了朋友的话。

终于见到了那位养蜂人，他穿着一件很干净的深色衬衫，头发整齐，胡须剃得干干净净。真是一个利索人，与我想象中的蓬头垢面、胡子拉碴的形象，实在是相去甚远。

距离那一大排蜂箱两百多米远，有他搭的帐篷，还有用枯树搭建的凉棚。他从凉棚底下搬出一罐罐封好的蜂蜜，一一地介绍给我们，热情地让我们逐一品尝。果然都是上好的蜂蜜，他的要价也不高，比我预想的还要低一些。我有些眼花缭乱地选了好几种，多得朋友直笑我贪婪了，要背不动的。养蜂人送给我一个大塑料桶，告诉我回去后马上把蜂蜜倒出来，换装成小罐，还叮嘱了我许多保存蜂蜜的注意事项。

我发现，他的居所四周都做了精心的美化，碎石块砌成的排水沟，藏在幽密处的厕所，帐篷前居然还移栽了两大排野花，有幽兰、芍药、矢车菊、如意篮、扫帚梅，还有一些是我叫不出名字的，凉棚上缠绕的，则是一簇簇牵牛花和紫藤花。

我不禁赞叹他是一个热爱生活的人，独自在这来人稀少的地方，还把一切都安排得那样井井有条，那样让人看着舒畅。

他不好意思地笑笑，告诉我们：“已经习惯了，一个养蜂人，走到哪里都是家，是家就要装扮得漂亮一些，没有人来看，就给自己看。”

“你是美给自己看的。”我和朋友相视一笑，不约而同地总结道。

“就算是吧，干净一些，利索一些，漂亮一些，自己看着心里也舒坦。”养蜂人说着，把一个自己用桦树皮编织的精致的小花篮送给我，我道了谢，想起了朋友说过他喜欢看书，从背篼里掏出特意带来的自己写的书。看到我在书上签了名，他满脸自豪道："以后再有人来这里买蜂蜜，我就拿给他们看，告诉他们说，我有一个省城的作家朋友，也喜欢我的蜂蜜。"

我笑着对他说："您的蜂蜜不用我的书打广告，看到您周围这一片美景，就能想象得到。"

此行不虚，不仅买到了上好的蜂蜜，还有了惊喜的发现和由衷的感喟——无论身处何地，无论日子是否顺意，都应该像那些恣意绚烂的野芍药，像那个临河梳洗的少女，像那个把自己和帐篷里里外外都装饰得漂漂亮亮的养蜂人，即便没有人欣赏，也要尽情地美给自己看。

点评

本文曾入选中考试题。留心生活，敏锐观察，在那些人们习以为常的细微之处，往往会遇见拨动心灵的美，自然地，笔下就会汩汩地流淌出美好的情思。

因为我在那个位置上

几年前，美国著名心理学博士艾尔森对世界100名各领域中的杰出人士做了一项问卷调查，结果让他十分惊讶——其中61%的成功人士承认，他们所从事的职业，并非他们内心最喜欢的，至少不是他们心目中最理想的。

一个人竟然能够在自己不太理想的领域里取得那样辉煌的业绩，除了聪颖和勤奋，所依靠的还有什么呢？

带着这样的疑问，艾尔森博士又亲自走访了多位商界英才。其中，在纽约证券公司工作的苏珊极具代表性的经历，给了他一个满意的答案。

苏珊出身于中国台北的一个音乐世家，她从小就受到了很好的音乐启蒙，她也非常喜欢音乐，期望自己能够一生驰骋在音乐的广阔天地中，但她阴差阳错地考进了大学的工商管理系。一向认真的她，尽管不喜欢这一专业，但她学得很认真，每学期各科成绩均优异。毕业时她被保送到美国麻省理工学院，攻读当时许多学生可望而不可即的MBA，后来成绩突出的她，又拿到了经济管理专业的博士学位。

如今已是美国证券业界风云人物的她，依然心存遗憾地说："老实说，至今为止，我仍说不上喜欢自己所从事的工作。如果能够让我重新选择，我会毫不犹豫地选择音乐，但我知道那只能是一个美好的'假如'了，我现在只能把手头的工作做好……"

艾尔森博士问她："你不喜欢自己的专业，为何学得那么好？你不喜欢眼下的工作，为何又做得那么优秀？"

"因为我在那个位置上，那里有我应尽的职责，我必须认真对待。"苏珊的眼神坚定，"不管喜不喜欢，那都是自己必须面对的，都没有理由草草应付，都必须尽心尽力，那是对工作负责，也是对自己负责。"

在艾尔森随后的走访中，更多的成功人士所谈的认识，与苏珊的思考大致相同——由于种种原因,我们常常被安排到自己并不十分喜欢的领域,从事一份自己在内心里并不十分喜爱的工作,而又一时无法更改。这时,任何的抱怨、消极、怠惰,都是不足取的。唯有把那份工作当成一种不可推卸的责任担在肩头,全身心地投入其中,才是正确的选择。而那些成功,就是从那份对职业的忠实与认真中一点一点地演绎出来的……

苏珊的话很耐人寻味——“因为我在那个位置上”,凝聚了她对自己所从事的工作的敬重,凝聚了她不甘平庸的理念。正是她的这种“在其位,谋其事,成其事”的敬业精神,让她赢得了令人瞩目的成功。很多人常常无法改变自己在工作和生活中的位置,但完全可以改变其对所处位置的态度和方式,自然,也会因此找到许多的乐趣。

点评

本文曾入选中考试题。全文围绕着“因为我在那个位置上”展开,以苏珊的人生经历为例,不仅形象地阐述了一条职场成功的准则,还提醒读者进一步思考如何面对所谓的“命运安排”,该如何做出正确的抉择。

凝望生命的绿草地

站在故乡低缓的山坡，那一片葱茏的绿色，再次摄住我的心魄。

那些肆意生长的青草编织出如锦的地毯，上面缀着些许无名的小花，红的，黄的，蓝的，白的……星星一样眨着调皮的眼睛，像是在向我讲述着有关岁月不老的往事。

在我童年永不褪色的记忆里，那片向远方浩浩荡荡伸展的绿色汪洋，最适合描述的词语应该是"广袤"或者"一望无际"。

而现在，那四周散布的杂乱的采石场，已将草地逼仄成了那样小小的一方。

我忍不住俯下身去，已沟壑纵横的手掌，再次轻轻地抚过那些柔柔的小草，绵绵的记忆便悠悠地飘然而来。翩翩年少的我，曾经整日地奔跑于那片长满快乐的绿草地上，采花、逐蝶、听鸟鸣、编草帽、挖野菜……累了，便躺在那松软如毡的草海里，仰望蓝天飘动的白云，嗅着泥土的馨香，一任阳光洒满周身，一任玫瑰色的梦幻在微风里轻轻地摇荡。

草地是温柔的。那么多年的异乡漂泊后，我只需在草地上静静地坐一会儿，就能抖落满身漂泊的疲惫。就像面对一位久已音信断隔的老朋友，我们只需那样静静地对坐着，就仍能够从彼此不再年轻的眼睛里，读到时光不曾更改的那份情意。即使无言，相信那份洗却铅尘的纯真的情愫，也会像那株蓝色的打碗花，自然地绽放。

草地是幸福的。年年岁岁，它总会放飞无数缤纷的憧憬，总会收获无数的悲欢离合。每一株小草、每一朵小花，都见证着世事沧桑。

草地是坚忍的。经历了那么多风吹雨打，那么多犁耕火烧，很多的草根被掘出了，很多的生命已湮灭了，它依然无怨地守护着那个山坡，依然张扬着绿色的主旋律。

草地是诗歌的。在枯黄的季节里，有期盼的种子在悄悄地萌动，在葳蕤的日子里，有沉思的花朵在倾诉着生命的感悟。春风秋雨吹不散的韵脚，寒霜暴雪压不乱的节奏，是云卷云舒的淡定和从容。

草地是散文的。随便的一缕风，随意的一声鸟鸣，甚至一只迅疾跑过的田鼠，都会为我打开跳跃的灵感，都会让我禁不住身心清爽地放飞思绪，沿着一个青翠的主题，恣意铺展满怀的情思。

而我最愿意做的一件事，还是默默地坐在那里，凝望那块绿草地。

我知道，生命中总有一些东西是永远无法割舍的，一个人无论走多远、走多久，在他心灵的深处，总有一方深情凝视的天地如影相随，总有一份特别的温润会在不经意间不约而至，瞬间便会引领蓬勃的思绪跨越人世的万水千山，便会沟通了古往今来。

凝望那块草地，我看到了大地的宽厚与慈爱。给每一粒种子以希望，给每一条根须以滋润，无论岁月馈赠的是贫瘠还是肥沃，干旱还是洪涝，很多似乎坚硬如岩的注定都是完全可以打破的，就像那些从来不肯低头的草，什么样的风霜雪雨都没法打败生长的信念，就像我们生活中那些屡遭磨难的人，他们的骨子里拒绝靠近“倒下”“退缩”“沉沦”这类东西。

凝望那块草地，我听见了岁月徐徐吹送的感慨：谁能够真正地了解一株小草的心事呢？谁又能够真正地参透大地那些无声的箴言呢？谁没有过青春葱茏的时光呢？谁没有梦想夭折的泪水呢？谁没有目睹过生命无奈的凋零呢？

是见识过太多太多的衰与荣的草地，在不动声色地告诉我：“只要是在行走着，就有光荣和梦想，就有遗憾和失落，就有欢欣和苦痛……我们的幸福，不在于我们已拥有了什么，而在于我们可以选择应该拥有什么。”

人生一世，草木一秋。古老的农谚里面包容着沉甸甸的智慧，寄寓着浓浓的情感。

每个人都不过是一株简单而卑微的小草，一株会思考的小草，但汇聚起来就是一片博大而深邃的草海，就是一片历经生命辉煌与暗淡的思想汪洋。身在其中，我们每一个人都应当以感恩的心，仰望头顶的天空，拥紧足下的大地，不卑不亢地绽露生命青翠的本色。

点评

本文曾入选中考试题。这篇美文采用了“一线串珠法”，随着作者思绪的纷扬，观察的视角也在不断地变化，由对草地的深情凝望再到对生命的深入思考，由近及远，由浅入深，“所有的景语皆情语”，而恰到好处的议论，又深化了文章的意蕴。

不加锁的幸福

那天,我去一个偏远的林区小镇看大学同窗晓薇。

车子在崎岖的山路上颠簸了四五个小时,才把我带到那个晓薇在信中描述得无限美丽的小镇。到了她任教的学校,她正在上课,而且是连续的 4 节课。晓薇就让我先到她家去休息一下。

我便向她要钥匙。

她莞尔道:“去吧,我家没锁门。”

“没锁门? 家里有人?”我惊讶道。

“没人啊。”上课铃声响了,晓薇赶紧走了。

家里没人也不锁门,不怕……我疑惑不解地朝她家走去,沿路上又问了两个热心人,在他们的指点下,我顺利地找到了晓薇的家。

轻轻一推,外边那扇黑色的大铁门“吱呀”一声开了,往里走,内屋的门也没上锁。

无须上锁,难道这儿已达到了“路不拾遗”的文明程度? 我心里嘀咕着,打量起晓薇整洁、简朴的小屋,屋里除了两个惹人注目的大书柜和两张硬木书桌外,唯一的电器就是一台 14 寸的老式电视机。

晓薇上班不锁门,难道仅仅是因为她的清贫? 虽说她是我们那届同学中分配到最基层的一个,日子怎么也不该是最苦的吧……

晓薇回来时,笑着问我:“光临寒舍有何感受?”

“是有点儿‘寒舍’的味道。晓薇,你丈夫在县委宣传部上班,你文笔那么好,调到县城上班应该没多大问题吧? 再说了,总这样两地分居也不是办法啊。”我关切地问道。

“我和爱人倒是都觉得这样挺好的。”晓薇一脸的幸福。

正说着话,左邻右舍听说晓薇来了同学,纷纷送来吃的——鲇鱼、香肠、咸鸭蛋……还有一捆生菜、一碗鸡蛋酱。笑迎那一张张亲切的脸、那一句句暖暖的话，我感受着这里的人们对晓薇的尊敬和关心，感受着人与人之间那浓郁的亲情，不无羡慕地说："晓薇，你人缘真好。"

"这回你该明白我为何不锁门了吧？"晓薇麻利地拾掇着饭菜。

"家里没人，还是锁上门好。"我想起自己在省城的家，那厚厚的防盗门，左一道保险、右一道机关地锁得紧紧的，还经常担忧呢。

"不能锁门，家里常来人。"晓薇轻松地回答。

"常来人？你不在家时，家里还来人？"我更惊讶了。

"对呀，你看，我家有一口宝井呢。"晓薇指着厨房里的一口压水井自豪地说。

"怎么，你们这里还没吃上自来水？"我真有些恍如隔世的感觉了。

"快了，明年这个时候就能接上了，我家这口井打得深，水好喝，现在邻居们都愿意来我这里打水。你说，我能锁门吗？"

"你可以规定一个打水的时间嘛，要不你的家不成了随来随往的供水站了？"

"对啊，我就是要建一个全天候的供水站啊！"晓薇爽快地说。

"你放心地让邻居来打水，难道不怕有坏人趁机闯进来拿东西？"我不放心地说。

"不用怕，我这屋里随时都有熟人来往，前屋后院的老人都会帮着我照看着呢，再说了，即使有小偷进来，你看看，我这儿有什么值得拿的……"晓薇轻松地说。

很快，巧手的晓薇便用邻居送来的东西，做出一大桌色香味俱全的菜肴。一边吃着可口的饭菜，一边细细地品味着晓薇对我讲述的一件件浸润着浓浓亲情的小事，我竟生出了无限的羡慕。

整日地劳心劳力的我，坐在晓薇简朴的小屋里，心中拂过缕缕温馨，心情陡然轻松了许多。

回去的路上，我的眼前老是晃动着晓薇那甜甜的笑容，她那不上锁的大门，她那引以为自豪的压水井……那些生动的景象，像一股久违的情思，不停地叩击着我那被物欲日夜缠绕的心扉——原来，真正的幸福，不在于是否拥有豪宅大院，不在于拥有多少财物，哪怕仅有一口蕴藏清澈、甘甜的井，只要有一颗时时敞开的、无须上锁的心,即便是清贫的日子,也会散发出至真至醇的芬芳……

点评

本文曾入选中考试题。透过细微的生活场景,发现人性闪耀的光辉。不事雕琢地娓娓道来,无须过多的渲染,也无须华丽的辞藻,跟着作者十分寻常的叙述,很轻松地就走进人物的内心世界,情不自禁地被感动——原来,有些幸福,竟然可以如此简单。

爱得纯净

那天的“开心辞典”节目中，先后上场的三位选手因实力、定力或运气等，都只答对了一两道题，便遗憾地退场了。

第四个登台的是一位在读的女大学生，来自江南水乡的她，脸上挂着一抹羞涩，执意不肯说出自己的梦想，理由是：“如果过不了关，说出来就没有意义了。”

女孩轻松答对三道题，顺利过了第一关，主持人王小丫问她这会儿可不可以说出自己的梦想，女孩莞尔地摇头。而接下来的答题，她将自己的聪颖、机智与沉着发挥得淋漓尽致，即使是观众看得一头雾水的那些偏题、怪题，女孩也能轻松地对答如流。观众的掌声一次次响起，王小丫也频频颔首赞赏，可她始终执拗地不肯宣告自己的梦想。

最后是一道极其复杂的数字推理题，难度陡然加大，还有很短的时间限制。女孩低头望着地面思索了片刻，然后自信地给出了一个答案。

这时，王小丫笑着对她说：“我先不告诉你正确答案，希望你现在就告诉我们你的梦想。要不，万一你答错了，你的梦想就成了永远的秘密。”女孩阳光一样甜甜地笑了，明净的眸子里透着可爱的坚定：“我的答案是正确的。”

果然，女孩赢了。王小丫伸手向她表示祝贺。女孩青春的脸上洋溢着喜悦，她轻轻地说：“我要给西藏的一位朋友打个电话，我的梦想是送给他的。”

他是怎样一位特殊的朋友呢？一向机敏的王小丫按下了免提键，全场肃穆倾听。

当粗犷的男音传来时，女孩满怀的激动再也抑制不住了：“我在‘开心辞典’答题，全都答对了。”那边传来欢喜的祝贺与夸奖。女孩继续说：“你不是希望拥有一台笔记本电脑吗？我今天帮你把梦想实现了。”电话那端的他显然始料未及，惊喜得有些语无伦次了：“谢谢你记得我的梦想，我代表这里的孩子们谢谢你，暑假再来这里看草海，再来看蓝天吧。”

“我还要把你的故事告诉更多的人，与你的梦想一起飞翔，我是幸福的，我相信这样的幸福也会感染许多人。”女孩温柔地说。

原来，他是女孩在一次去西藏采风时邂逅的牧区小学教师，他师大毕业后偕女友自愿来到那条件艰苦的地方工作。在那里，目睹那对年轻人虽清贫却不乏快乐与充实的生活，女孩恍然明白了——其实，生命中有一种爱，完全可以像藏区的蓝天一样辽阔、澄净，完全可以像牧场的野花一样自然、纯朴。此后，女孩便把他那天不经意说的一句话，牢牢地记在了心中。

由衷的掌声如潮地涌来，现场观众全都被女孩演绎的这些美好的情节感动了。是啊，可以想象，这个慧心的女孩该是带着怎样真挚、纯粹、深厚的爱意，经过层层筛选，一路过关斩将，才走上赛场，并最终赢得心中最大的幸福。

就在那个繁星闪烁的夏日夜晚，美丽、智慧、善良、单纯的女孩，面对全国的观众，将滚滚红尘中的一份真情，诠释得如此自然、如此清洁、如此扣人心弦。望着荧屏上女孩开心的笑容，我相信很多观众的心田一定会涌入缕缕温馨的清风，那是花蕊般无法拒绝的纯净的爱。

点评

本文曾入选中考试题。怀着一颗仁爱的心，认真打量生活，往往会在人们不经意的地方，惊喜地发现那些令人怦然心动的真善美。就像本文中的小女孩，还有那对年轻的教师，他们那纯净的爱，拨动了作者的心弦，自然会在笔端流淌出美丽的文字。

眼前就有好风景

夏日的午后,微风习习。84 岁的祖父,在院子里的那棵老榆树下,悠然地看着一群蚂蚁在搬运食物。他依然耳聪目明,手脚也很灵活。看着那些忙碌的蚂蚁,他的嘴角浮起了孩童般的笑意,像是在观赏一场精彩的演出,惬意地点点头。许多人不曾留意的那些小生灵,兴奋地摆动着触角,似乎碰到了他某一个细小的神经,他不禁嘿嘿地独自笑出了声,父亲告诉我,祖父肯定是又看见了有趣的东西。

祖父一辈子没走出过那个小山村。记得 10 年前,我从欧洲旅游回来,一边给他看我一路拍摄的那些旅游照片,一边向他描述外面的精彩世界。他像一个小学生似的,静静地听我介绍,不时地问我几个相关的问题。我看到了他眼睛里闪动的向往,就对他说:"等我赚了钱,就领你去外面的世界看风景。"

他听了直摇头,说:"我可不去,我身边的风景还没看完呢。"

我以为他心疼钱,便告诉他:"花不了多少钱的,我可以给您提供路费。"

祖父依然固执地说:"不去,眼前就有好风景,没必要舍近求远。"

我不以为然地说:"这么一个小山村,您都待了快一辈子了,哪里还有值得您欣赏的风景呢?"

祖父却无限陶醉地用手一指,说:"看看门前的那座小山,上面有多少棵树,有多少条小路,有多少花草、鸟兽,每一处都是独特的景致,让你看都看不过来;还有,这村子四周的田地,每一年都春夏秋冬地变换着不同的景象,也让你看不过来;就是坐在院子里,瞧瞧那些鸡鸭鹅狗,瞅瞅那些菜园和花圃,听听头顶的鸟鸣,哪一天都少不了有趣的风景啊。"

我哑然,很敬佩祖父的慧眼独具,他能够从身边最寻常的点点滴滴中,敏锐地发现和捕捉到那么多赏心悦目的风景。

而我们,常常是身在风景中,却浑然不觉。

我认识一位农民作家，他思维敏捷，情感细腻，写一手好文章，在文坛内外都颇有影响力。奇怪的是，他居然几乎从不外出采风，更不会找时间专门出去旅游。其实，他有很多的机会可以调到省城去当专业作家，去享受现代都市生活。可他至今仍居住在乡村，仍在照料着几十亩土地，像村里的其他农民一样，精心地春种、夏耕、秋收、冬藏，只在晚上和农闲时节，他才埋头于书堆和稿纸间，孜孜不倦地生产精神食粮。

我问他为什么一直守着那块土地，不到外面走走，开开眼界。

他笑着说："眼前就是一个精彩纷呈的世界，并且在不断地变化着，足够我欣赏和咀嚼的了，用不着劳心劳力地到外面去走马观花地转悠。"

我仍有些不解，问："可是，眼前的景象都熟悉了，怎么能够激发起写作的兴趣呢？"

他目光深邃地望着天空说："就像那些每时每刻都在变幻的白云，身边的人、事、物、景，也都在不断地变化着。细细打量，就会发现简单里面藏着的深刻，就能看到寻常中隐秘的奇崛。好风景不仅要用眼睛看，还要用耳朵听，用手去触摸，更要用心灵去感受。只要我们怀揣一颗热爱的心，随时随地都能看到好风景。"

我恍然大悟，原来要遇见好景致，最重要的是拥有一颗爱意充盈的心。

朋友晓红是一个最懂得随遇而安的女子。她在市里的史志编辑室上班，长年累月地与各种资料打交道，不用去看，就知道她的工作该有多么枯燥乏味了，可她每天都乐呵呵地上下班，似乎还很忙碌，有时周末也不休息。她一有空闲，一准会去逛街，独自或者呼朋引伴，挤公交或干脆步行，其实也没什么必买的东西，空手而归也是常有的事，可她一直乐此不疲。

我不解地问她："也不买什么东西，天天逛街，不累吗？"

晓红神采飞扬地回答："一点儿也不累，逛街就是在逛风景啊，一路走去，商场里、大街上、公交车站点……随时都能遇到有意思的人和事，随处都能看见新鲜的东西，就像我在单位里整理资料时，总会不经意地就有惊喜的发现，那种感觉实在是太好了。"

"逛街就是在逛风景"，这是我第一次听到的妙论。细细想来，还真有道理。

没错,每个人的眼前都有无数美丽的风景,只有懂得用心去观察,用心去体味,才能领略和感受到其中蕴藏的美,才会由衷地感慨——这世界真奇妙,拥有一颗热爱的心,即使足不出户,也同样可以拥抱世间的许多美景。

点评

本文曾入选中考试题。不少人经常感慨“熟悉的地方没有风景”,此文却出人意料地道出“眼前就有好风景”,与其说是观察得细致,不如说是有独特的感受。有了独特的感受,才能使文章具有新意,给人耳目一新的感觉,引人入胜,耐人寻味。

甘甜的不只是井水

在通往某旅游区的路旁，住着一位心地善良的老人。老人有一口井，据说打到了泉眼上，因而不仅水量充裕，而且特别清澈、甘甜，来往的路人喝了一口这里的井水，总忍不住要喝第二口。

在旅游的旺季，那些来自远方城市的大小车辆，总会在老人的小屋前停下来。那些游客中偶有一人喝了老人的井水，总会惊讶地大声呼唤同伴快来品尝。

于是，众人就涌到老人的井旁，痛快地喝着井水，不住地赞叹，说那井水比他们随身携带的高级饮料还好喝，有的游客干脆倒了饮料，灌上井水；有觉得不过瘾的，就干脆装上满满的一壶，带到路上继续喝。

老人看着那些城里人畅快地饮着井水，听着不绝于耳的赞美，心里美滋滋的，不断地说着："好喝，就多喝点儿，这井水喝不坏肚子的，还治病呢。"

看老人如此热情，又听说井水还能治病，游客们喝得更来劲儿了。有不少人临走时，还没忘了用大壶小桶装得满满的，说带回去给家里人尝尝。

游客中有人就嬉笑说："老人家，喝你的井水，你应该收费啊。"

老人就摇头说："喝点儿水，还收什么费呢？愿意喝，你们就管够喝。"

看到老人如此慷慨，很多游客就把身上带的好吃的、好喝的，争着、抢着往老人手里塞，说让老人品尝品尝他可能没吃过的城里带来的东西。

老人一再推让不得，就像欠了游客许多似的，忙着跑到园子里，摘些新鲜的瓜果塞到大家兜里，看着他们高高兴兴地吃着、喝着，他也兴奋得跟过年似的。

就这样，不知不觉过了好几年，老人和他的那口井不知接待了多少游客。

有一年，老人病了，被他的儿子接到县城里，他的一个侄子来替他看屋。

游客又来喝井水了，他的侄子见此情景，觉得发财的机会到了，就灌了许多瓶井水，摆放在路口，标价出售。

奇怪的是，竟无人问津。

老人的侄子就埋怨:“这些城里人光想不花钱喝水。”游客们则议论纷纷:“他那瓶子干净吗?水里放别的东西了没有……”

于是,老人的小屋前,没了往年热闹的场面,再没人去讨水喝,更没有人给老人的侄子送东西了。似乎人们忘了或根本不知道眼前还有一口清泉。

老人病好归来后,又开始免费供应井水,前来喝水的游客又渐渐多了起来,游客们纷纷给老人带来物品,有的还很贵重,还有不少人真诚地邀请老人去城里做客……

道理就这么简单:一样清澈、甘甜的井水,慷慨地馈赠,得到的是真诚的感激和酬谢,而一味地贪图回报,则收到的是无端的怀疑和必然的冷落。如那句俗语所言“送人玫瑰,手有余香”,多给他人一些滋润,自己也必将得到滋润。

点评

本文曾入选中考试题。有时,一篇好文章,并不需要多么精巧的构思,也不需要多么复杂的技法,就像生活本身一样,简单一点,自然一点,往往就能收到不错的表达效果。本文运用了对比的写法,不仅准确地刻画出人物的性格,还自然地阐述了作者的人生感悟。

我想让他们听到我的掌声

在2012年伦敦奥运会马拉松比赛的赛场外，有一位始终坐在轮椅上的观众。她叫塔比雅，来自利比亚，自幼失去了双腿，只读了5年书，现在是一家花店里的临时工，每个月只能赚到少得可怜的薪水。连行走都很吃力的她，却是一个十足的体育迷，无论是球类运动，还是田径运动，她都很喜欢。只要有机会，她就想方设法去看比赛。

今年7月，她毅然花掉了自己辛苦积攒的全部积蓄，几经辗转，终于来到了梦想中的伦敦。然而，近在咫尺的奥运赛场，她却无法进去。因为囊中羞涩的她，已买不起哪怕最廉价的一张进场观看比赛的门票。对此，她似乎一点儿也不沮丧，因为她欣喜地发现，还有一些不要门票的比赛，比如马拉松。

为了能够挑选到一个最佳的观赏位置，她提前一周，摇着轮椅，顶着烈日，细心地探查了马拉松比赛的路线。确定了一处最佳的观看点后，她激动地舞动着双臂，像一只展翅欲飞的鹰。

然而，不幸的事情发生了：比赛开始前两天，她感冒了，吃药、打针，高烧依然不退。

怎么办？难道躺在病床上，通过电视看比赛？这个念头一闪，便被她掐灭了。她必须到现场去，尽管那天她发烧更厉害了，脸烧得通红，她仍没有丝毫的犹豫，服过药，便吃力地摇着轮椅早早来到选好的地点，准备为每一位从自己面前跑过的运动员加油。

第一批运动员跑过来时，她和周围的观众一同热烈地鼓掌、呐喊，仿佛自己也是一个健康无比、精力充沛的超级粉丝。

随后，一拨拨的运动员跑过来，她不停地为他们鼓掌，热情而执着。

直到将掌声送给最后一名从身边跑过的运动员，她才瘫倒在轮椅上，蓦然发觉自己高烧还没退，浑身烫得吓人。

一位记者惊讶地问她:“其实,你完全可以在电视上看到全景的赛况转播,为什么非要带病亲临现场看比赛?”

她微笑着回答:“我想让每一个从我身边跑过的人,都能听到我的掌声。”

“这对他们很重要吗?”记者仍然有些不解。

“这对我很重要。虽然我今生再也无法健步如飞,我却可以坐在路边,把我由衷的赞美,热情地奉上。”她一脸的自豪,仿佛胸前挂着耀眼的奖牌。

我知道,塔比雅的掌声并不响亮,对于那些飞跑的赛手似乎无足轻重。然而,那掌声是发自肺腑的,是她对英雄由衷的赞赏,更是她对自己平凡生命的一种肯定。

伦敦奥运会马拉松比赛冠军的名字,我很快就忘记了。然而,那个在轮椅上拼命鼓掌的穿着红衣服的女子塔比雅,却被我深深记住了。隔着万水千山,电视机前的我,分明清晰地听到了她自信、热情的掌声,听到了一种生命从容、壮丽的声音。

点评

本文曾入选中考试题。许多写作素材,无须刻意地寻找,只须一双善于发现美的眼睛。有时,平凡的小人物,往往会给我们带来最深的感动。留心生活,不经意间,就会发现许多值得书写的美好。

爱谁都幸福

凯瑟琳是一位年过七旬的芬兰老人。

最近几年,凯瑟琳一直在给中国西部山区的孩子们捐赠书本和衣物,她的每一份捐赠的署名,都是“爱与你们在一起”。

一位新华社记者偶然得知了凯瑟琳的善举,希望能够通过越洋电话采访她。可是,不管记者如何诚恳地请求,她都固执地谢绝采访,她的理由是:自己喜欢给别人一点儿爱,也仅仅是给了一点点的爱,不值得宣传报道。

今年春天,那位心生敬意的记者以一位游客的身份来到芬兰。不经意间,记者来到凯瑟琳的家乡,邂逅了这位已 79 岁的老人。

凯瑟琳独自居住在一片茂密树林中的一栋小屋里,屋前有一条潺潺的小河,屋后是一条往来车辆不多的公路。

退休后,她一直住在这里,收留了很多小动物,它们给了她许多快乐。她原先驾驶过一台老旧的别克车,三年前报废了。现在,她每周要搭车去 10 公里外的一个小镇购置生活用品。

其实,她原本可以去首都赫尔辛基当法官的女儿家里,安享晚年幸福时光。但是,老人始终放心不下自己收养的那五只流浪猫和两条流浪狗,还有树林里一些需要帮助的鸟。每到大雪纷飞的日子,她都会为它们撒一些早早准备好的食物,帮它们抵御严寒。

虽说她多年远离繁华的都市,她的心却牵挂着五湖四海的人。她为非洲的难民捐过衣物,为阿富汗被地雷炸伤的村民寄过药品,为遭遇地震的海地灾民邮寄过帐篷。每当在电视里看到受灾的人,她总想帮助一下。尽管她的退休金并不高,有限的积蓄已几乎全都捐了出去,但她还是愿意伸出援助之手,虽然很多人并不知晓她的名字,不知道她的生活境遇。

记者惊讶地问凯瑟琳:“为何您自己那样省吃俭用,还要去帮助远方的那些人？"

"因为他们需要爱。"老人平静地回答。

"你爱那些小动物，爱身边的人，这都容易理解，可对于那些如此遥远的素昧平生的人，为何还要去爱呢？"望着满头银发的凯瑟琳，记者还是有些不解。

"爱谁都好，不管远近。"凯瑟琳满脸慈祥地说。

原来如此！

陡然，记者的心似被什么东西重重地撞了一下，有些疼，有些暖。

是的，我们许多人的爱，往往是范围比较小的，而胸藏大爱的凯瑟琳，却视野开阔，能够发自肺腑地爱上每一个需要爱的对象，无论爱谁，都满怀幸福。

点评

本文曾入选中考试题。很偶然的一次阅读，我认识了可爱的芬兰老人凯瑟琳，她很像我们熟悉的那些善良的老人，在寻常的日子里，做着许多细微的善事，似乎那已是她的一种习惯，但其中纯真的爱意，却散发出久久的芬芳。

编织快乐

秋日的一天，旅游途中来到黄河岸边的一个无名小镇，古朴的建筑和古朴的民风扑面而来。一个人穿过青石板铺砌的小巷，前面稍显繁华的地段，一个专卖麦秸工艺品的小摊将我的目光吸引过去。

摊主是位光头老者，他坐在一个小凳上，微眯着眼睛，摇着一把麦秸编织的扇子，悠然地享受着午后暖暖的阳光。

停下来，我细细地打量老者那些用普通的麦秸巧手编织的作品：花花绿绿的蝴蝶，流行时尚的花篮，造型别致的手机套……林林总总，各式各样，煞是惹人喜爱。

一问价格，比想象的要便宜得多，便宜得让人不好意思再讨价还价。

我先选了一顶好看的麦秸秆精心编织的牛仔帽戴到头上，那顶帽子简直就像是为我量身定做的，与我身穿的那套牛仔服非常搭配。一瞬间，自己似乎就变成了一个影视中常见的美国西部牛仔。

我兴奋地付钱时，才恍然发现：老者的小摊上所有的工艺品，都只有唯一的一件，绝对找不出一件重复品。

我有些疑惑地问老者："这么漂亮的牛仔帽，为什么不多编几顶？那样，不是可以多卖一些钱吗？"

"你知道，编好这里的每件东西，都是要花费不少时间的。编一件自己想编的新东西，我能够从头到尾享受整个编织过程中的快乐，而再编织一件同样的东西，那就是在进行重复劳动了，那其中的快乐就会减少许多。"老者悠然道。

"哦，原来您在凭手艺赚钱的过程中，还在赚快乐啊！"我不禁敬佩起眼前这位饱经沧桑的老者。

"没错，你看我编织了一件件让人喜爱的东西，别人看了或买了，自然是快乐的；我赚了钱，当然也是快乐的；但比这些更重要的，是我在挑选材料、构思、设计、编织的整个过程当中，都体验到了创造的乐趣和快乐，那是多少钱也买不到的……”老者满脸幸福地说。

多么睿智的老者啊，就在那看似很普通的麦秸编织过程中，他道出了我们不该忽视却又常常忽视的一些生活真谛——滚滚红尘中，我们的心灵有时之所以十分疲惫，那是因为填充了太多的物欲，只顾着追逐目标的实现，只以为享受成功是快乐的，却忘了在追求的路途中完全可以享受到更多的快乐。尊重心灵的召唤，把追求的每一个环节都变成快乐的源泉，那将会品味到怎样绵绵的幸福啊……

点评

本文曾入选中考试题。一件小小的手工编织作品，后面竟然藏着那么美好的情思。有时，多一份好奇，多一点关注，常常会有意外的收获。而真正愉快的写作，不正是一次次惊喜的发现之旅吗？

落叶不只是在秋天

春光明媚的三月，校园内大大小小的树，正绿得鲜嫩欲滴，各种争奇斗艳的花，正开得恣意、浓烈。

一阵微风拂过，不经意间一低头，我的心不禁猛地一颤：地上竟躺着几枚绿色的叶子。

我弯腰拾起一枚不幸的绿叶，放在掌心，仔细端详起来——它生得很健康，脉络分明，柔柔韧韧，与枝头那些苍翠的叶子，并没有什么差异。

一点儿枯黄痕迹都没有的绿叶，怎么会在这生命葱茏的季节骤然飘坠呢？

轻轻抚弄那枚如眉的绿叶，我开始为它过早的凋零惋惜不已：那么多绿叶都在为浓郁的夏日积蓄着热情，都在为饱满的秋日努力着，而它却在梦想刚刚绽开时，便匆匆地告别了希望生长的枝头，它该有着怎样的遗憾和不甘呢？

原来，落叶不只是在秋天。花蕊一样年轻的生命，也会猝不及防地戛然而止。

忽然，我想到了不久前英年早逝的复旦大学女博士于娟，想起她的那部生命绝笔《此生未完成》。她是那样一个热爱生活的年轻人，曾有那么多缤纷的向往，曾那样不辞辛苦地打拼，不知疲倦地朝自己心中“宏伟目标”急驰的她，根本没有料到，在她生命最葳蕤的某一天，急剧扩散的癌细胞，会无情地宣布她的生命将提前谢幕。

仿佛当头一棒，病痛中的她，才陡然发现，自己的人生其实完全可以是另一种样子。于是，这位年轻的女儿、母亲、妻子，在同死神顽强抗争的那段日子里，在博客里写下了感动数百万人的至真至美的生命感悟。其中，有一段最令人感慨唏嘘的真情告白：“在生死临界点的时候，你会发现，任何的加班，给自己太多的压力，买车买房的需求，这些都是浮云，如果有时间，好好陪你的孩子，把买车的钱给父母亲买双鞋子，不要拼命去换什么大房子，和相爱的人在一起，蜗居也温暖。”

哦，许多美好的东西，常常在逝去之后，我们才蓦然发觉它的弥足珍贵。

由此，正在拼命地追逐梦想、拼命地打拼未来的我们，真应该抽出一点儿时间，好好地检视一下自己眼下的生活状态，看一看：我们是否将自己生命的弦绷得太紧了？是否被那些欲望牵扯得过于忙碌了？是否被那些世俗的功名利禄缠绕得忘了让身心轻松一些？查一查：我们的心灵已被多少太实际的东西占据了？每一天都在拼命地加班、考各类证书、提高学历、提升官职……白天忙得焦头烂额，连那么多本该清静的夜晚，也被塞得满满的，而且总能找到堂而皇之的理由，陷入那些可有可无的网聊、饭局、通宵电影……许多人的生命，宛若高速旋转的陀螺，自己都一时难以掌控了。

不妨扪心自问：我们究竟在追求什么样的幸福？我们应该拥有怎样的生活？

真正聪慧的人，懂得唯有好好地珍惜人生的春天，才能拥有风光无限的人生四季。他们知道，完美的生命，应该像一片饱经沧桑的叶子那样——该萌发的时候萌发，该苍翠的时候苍翠，该葱茏的时候葱茏，该枯黄的时候枯黄，该凋落的时候凋落，一切都自自然然、从从容容。不过度地透支，不肆意地挥霍，不拼命地争抢，而是适度地取舍，自如地进退……

没错，正值芳华岁月的年轻人，如果不想让自己生命的叶子凋落在春天，不想让自己的人生留下太多的遗憾，那么，就要学会让目光再辽远一些、再深邃一些，减掉那些不必要的心灵重负，驱逐那些不该有的焦虑和盲从，让前行的脚步再轻松一些，让正经历的每一个鲜活的日子再充实一些、快乐一些。

好好地照料生命的每一寸光阴，就会避免许多类似春天落叶的遗憾。

点评

仔细辨析，认真思考，会惊讶地发现：就像落叶也可能在春天，或者在夏天，那些打破常规的事物，会给我们别样的启发。透过那些特殊的现象，可以发现某些深刻的本质，所谓别开生面的写作，就在于能够从“寻常”中敏锐地发现“奇崛”之处。

母亲在看着我

阳春三月，温柔的阳光轻抚着楼前的绿草坪。一个走路摇摇晃晃的两三岁的幼儿，正推着她的童车，独自在甬道上津津有味地玩着，她跟前没有一个看护的大人。

虽说这个小区里特别安全，可那毕竟是一个太幼小的孩子啊，万一有一点儿闪失该怎么办？在一家大公司当总经理的他，心里正奇怪幼儿家长的粗心大意。猛抬头，二楼阳台上一位年轻的母亲正一脸慈爱地望着自己的宝宝尽情地玩耍。

哦，原来那位母亲呵护的目光从来就没有离开过自己的孩子啊。

当他把这感动的一幕讲给妻子听时，妻子感慨道："其实，天下做母亲的都是一样的，都在关注着自己孩子的一举一动，而很多的孩子并不知晓。你每天上班出去，母亲都会趴在阳台上看着你走远，估计你快要下班了，母亲就会到阳台上张望。"

"是吗？我还真不知道呢。"整天忙忙碌碌的他，来去总是脚步匆匆，自从把母亲从乡下接到城市里以后，他看到的总是母亲慈爱的笑容，听到的总是母亲幸福的感慨，但不知母亲的目光每天都在跟随着自己走出家门、走进家门，不知道母亲心里藏了许多的牵挂。

一天，公司突发了一件重大事故，司机小王火速驾车赶到他住的楼前，接他赶往事发现场。为了抓紧时间，车一停，小王便打开车门迎接他。可是，小王看到他神态自若地从楼里走出，跟往常一样慢慢悠悠地走过来，好像根本就不知道公司里发生了重大事件。

走到车前，他小声地叮嘱了小王一句："别慌，一定要慢慢地开，要像往常一样。"

小王不禁心生纳闷：在公司里一向雷厉风行的他，遇到这么重大的事件，怎么还能这般镇静？

等小车缓缓地刚一驶出小区,他满脸立刻布满了焦急的神色,大声地催促小王:"保证安全,能多快就多快,火速赶到现场。"

车子一路疾驰。他不停地打着手机,果断而急切地给公司各个部门布置着应急工作。

事后,小王满脸困惑地问他:"那天,公司出了那么大的事故,您走出家门时,为什么还像往常一样闲庭信步,好像什么事情都没有发生,为什么车一出小区您整个人就都变了?"

他笑道:"因为母亲在看着我。"

"母亲在看着您?"小王仍不大明白。

"你不知道,母亲每天都趴在阳台上看着我上下班,我不想让母亲看到我紧张的神态和慌乱的脚步。那样,她会为我牵挂一整天的。我知道情况很紧急,可也没有理由让母亲跟着我担心啊。"他没有跟小王讲,母亲这一辈子为了他吃了很多苦,为他操了很多心,一直看着他一步步成长。他的每一个细微的变化,都逃不出母亲关注的目光。

那天,当朋友在酒桌上讲完这个故事后,一位大学教授激动地说出了在座所有人共同的心声:"没错,我们的母亲都在看着我们,单单是为了母亲关心的目光,我们都应该做得更优秀一些。"

是啊,永远不要忘了,在我们的背后,母亲爱意充盈的目光,一直在追随着我们,一直在关切地看着我们向前延伸的人生之路……

点评

一个好的观察者,也是一个好的感受者,更是一个重情重义的人。母亲关注的目光,其实一直在追随着我们每一个人,只是许多人都忽略了,不曾在意。与其指导写作者如何观察,不如先引导他做一个生活中的有心人。

温暖一生的圣诞卡

那是寒冷的冬天的一个早上，世界巨富、著名的“钢铁大王”卡耐基像往常一样简单地用过早餐，便开始忙碌地处理起一天的繁重事务。

突然，他的目光停在一封陌生的来信上面。写信人是纽约市一个名叫琼斯的乞丐。在信中，琼斯向卡耐基说自己没有亲人，也没有朋友，要过圣诞节了，他希望卡耐基能够以朋友的名义给他寄一张圣诞卡，给他写两句圣诞祝福，他还承诺付给卡耐基购买圣诞卡的费用和邮资。

又读了两遍那封字写得七扭八歪还夹杂着几个错别字的信，卡耐基拿起了电话，他想让助手替他找一张贺卡来，但马上又改变了主意，他搁下手头的一大堆工作，走出办公室，来到邮局，亲自挑选了一张精美的可以播放一段音乐的圣诞卡，认真地写下这样的祝福——“圣诞老人不会忘记每一个有梦想的人，你也不例外，就像相信我可以是你的朋友一样，相信你的明天会更好。”在贺卡下面，卡耐基工工整整地签上了自己的名字。

将圣诞卡投进了邮箱，卡耐基慢慢地走在节日氛围已开始浓郁起来的大街上，他猜想着琼斯接到圣诞卡时的神情，脸上露出了笑意。

一周后，琼斯的第二封信翩然而至，信中写满了感激的话语，里面还夹着10美元，他说尽管卡耐基先生在圣诞卡中夹了一张纸条，告诉他不必付邮资和卡费，但他还是要信守自己的承诺。卡耐基回信特别地赞赏了琼斯，说他这位未曾谋面的朋友给自己留下了良好的印象。

数年后，卡耐基几乎已忘却了当年给琼斯邮寄圣诞卡的事，但来自洛杉矶的一封特别的感谢信，给曾经的往事续写了一个美好的结局——琼斯告诉卡耐基：当初向他请求寄一张圣诞卡，是寂寞中跟几个乞丐打赌，因为他的同伴都认为像卡耐基那样的成功人士根本不会在意他这样身份卑微的小人物，更不可能亲自给他这样街头随处可见的乞丐写圣诞卡。他在寄出那封信后就认准自己输定了。当他很快便收到卡耐基亲笔签名的圣诞卡，读到那将他视为朋友的祝福时，他的心灵受到了极大的震动，他做的第一件事，便是极其认真地给卡耐基写下那封回信。接着，他开始思索该怎样经营自己今后的人生。

几经挫折，他成为洛杉矶一家著名船厂的高级职员。他在信中一再感谢卡耐基——“是您当年对一个乞丐慷慨馈赠的那份尊重和真诚的祝福，温暖了我的那个冬天，甚至可以说是温暖了我的后半生，在最困难的时候，一想到那张圣诞卡，想到您这位朋友，我周身上下便骤然有了无穷的力量……”

点评

写作素材，不仅可以从生活中找寻，也可以从阅读中找寻。有时，不经意的一次阅读，就可能发现一个非常好的写作素材，这其中的关键，在于写作者有敏锐的感知，能够从诸多的阅读内容中及时地捕捉到拨动心弦的素材。

只想遇见你的人生

极偶然的一次阅读，你的那篇《阳光100》一下子便慑住了我的灵魂。于是，我开始特别留意报刊上你的名字，留意你的那些明媚的文字。当我在一个午后进入你的博客时，我心头一惊：原来，你已出版了那么多的书，单单看着那些五颜六色的封面，和那些温暖的书名，我就不禁心驰神往起来。

接下来，我买来你的书，放在案头、枕边，随手拿起，即便是只阅读那么两页，也会让心沉静下来。当然，我最喜欢的还是在夜深人静时，在橘黄的灯光下，一个人捧着一杯淡茶，慢慢地读你的那些美丽的文字，读着读着，仿佛你就站在了我的对面，与我促膝交谈。

透过那些饱含深情的文字，我似乎看到了儒雅的你，朴素的你，诗人的你，哲人的你……我知道了你的童年、少年的那些纯真的记忆，知道了你大学里那些诗情画意的往事，知道了你怎样从一个林区小镇，来到一座中等城市寻梦，而后又到一所大学里任教。

是的，我不只是在阅读你的作品，我还在阅读你的生活经历，阅读你的精神风貌和思想感情。我在津津有味地阅读着你，尽管我们素昧平生，你根本不知晓我，但这并不妨碍我油然而生的对你的浓烈兴趣，和有些近乎偏执的热情。

有时，我会在你的一篇文章里迷失，分不清你写的究竟是别人的故事，还是我的故事。为何你写的是别人的感受，却与我的感受那么贴近？似乎你的一双慧眼，能一下子就看到我隐秘的心思。我很惊讶，你怎么会观察得那么细致，你怎么会有那么多睿智的见解，那么复杂的问题，你只需要一两个简单的小故事，就阐释得那么清楚，什么叫“信手拈来”，什么叫“举重若轻”，在你那里，这些词语才真正地自然、鲜活、灵动。

我时常呆呆地坐在桌前，思绪顺着你笔下的某一个情节或者一句话，很随意地蔓延开来，蓬蓬勃勃，无拘无束。我猜想，你是在什么时候，怀着怎样的心情，在为谁写下那些情意绵绵的文字？要知道，这是一个浮躁的时代，是一个喧嚷的时代，是一个急功近利的时代，已经很少有人能够心静如水地坐下来，慢慢地用细腻的文字，浸润日渐粗糙的情感了。而你，似乎一直就这样做着，无论是在那些忍受大量无奈的日子里，还是柳暗花明的日子里，你的心房也曾有过阴郁，我却没有发现你抱怨过什么，好像那些不如意是早就预料到了的，就像春天的一场雨、冬日的一阵雪，是再寻常不过的，只需静静地欣赏。

我真的很佩服你，佩服你那样款款地走着，像风记得每一朵花的香，你记得生命中点点滴滴的美。街角那位修鞋的老人很幸福，可以向你畅快地吹牛；走街串巷收废品的那位江南女子很幸福，可以从你这里免费获得很多报纸杂志，那是孩子们最喜欢的课外读物；在公园里跳舞的那位癌症患者很幸福，可以和你聊聊关于生与死的感悟；那位爱情失意的女研究生很幸福，她在生命最绝望的时刻，幸运地得到了你的点拨……哦，你的文章，就写在你的举手投足间，写在你的喜怒哀乐里。

那天，哈尔滨正举办全国图书展销会。我恰好出差到那里，看看时间充裕，便拉上当地的一位朋友，一同逛书展。

偌大的展览大厅里，简直成了书籍的海洋，琳琅满目，令人目不暇接。我刚刚走了不到十分钟，就撞见了你的新书。没有片刻的迟疑，我立刻买了两本，一本送给朋友。

朋友惊讶地说："你连翻看一下都没有，就断定这书值得买？"

我果断地说："你看过就知道了，不仅值得阅读，还值得收藏。"

见朋友将信将疑，我心里有一种说不出的得意，不想跟她费口舌，只想让事实告诉她，我说的肯定没错。

忽然，看到前面的一个展位前，聚拢了好大的一群人，每个人手里都拿着书。再往前走几步，一条横幅揭晓了答案，是签名售书，作者竟是你。

怎么也不会想到，我竟在这里邂逅了你。十步之外，我陡然止步，望着英俊洒脱的你，正微笑着为排着长队的读者签名题词，我竟有恍然如梦的感觉。

朋友拉着我的手，要过去找你为我们手里的书签名。我却转身，执意离开。

朋友大惑："他不是你崇拜的作家吗？为什么不上前认识一下？"

“是的，我早就在书里面认识他了。”我清醒得有些自负。

“认识一下他，告诉他，你是他的忠实粉丝，不好吗？”朋友依然不依不饶。

“我从来没有想过要遇见他，只想遇见他的人生。”我一语坚定。

“遇见他的人生？”

没错，我那么喜爱你的文字，只是想遇见你的人生，看你怎样思考，怎样选择，怎样行走，看到有关你的那些生动的情节，怎样一点点地影响我的人生……这些，就足够了。

后来，还有很多次，我们有相识的机会，但我都执意地选择了错过。因为，我只想遇见你的人生。

点评

独特的人生体验，往往能够给人带来神奇的感受，进而引发写作灵感。文中的“只想遇见你的人生”，便是一种美好而奇妙的人生体验，并由此给读者讲述了一段颇耐人寻味的人生历程。好的写作，往往首先就要寻找独特的体验。

美善的花静静地开

又是岁末，又是祝福纷扬的季节。

夜色很晚了，天空中飘起了细细的雪花，她推起那个用铁皮桶改制的烤炉，慢慢地朝家中走去。她在那个街口卖烤地瓜，已经好多年了，生意不好不坏，勉强能维持温饱的生活。

回到家中，她找出那两本已翻得有些破烂的杂志，翻到后面那让她无数次唏嘘不已的几页，那上面印着一些渴望救助的穷困孩子的简单情况和联系地址。她拿来一沓明信片，开始给那些散在远方的孩子们，书写自己心中的祝福。一词一句，细细斟酌；一笔一画，认认真真，她像一个虔诚的修女，让那一个个方块字朝圣般地排列开来，仿佛在摆放一朵朵洁白的雪莲花。

她从杂志上那些简短的介绍性文字里面，读到了太多的艰难、苦涩、无奈、渴望和憧憬，她知道每一小段文字后面，都藏着一个酸楚的故事。她多想帮一帮他们，给他们一缕温暖，给他们一份欣慰，给他们的梦想插上翅膀……然而，她自己也是这座城市里极为卑微的一员，卑微如一株被人近乎忽略的小草，每天都在忙碌地追赶着自己的温饱，像一只勤奋的蚂蚁。

然而，除了轻轻地叹息，除了暗暗地流泪，她还是想为那些被贫困逼回家里的孩子做些什么。她想了又想，终于有了一个主意：给每一个孩子邮寄一张明信片，写上关切的话语，写上祝福的话语，让他们感觉到，这个世界并非是冷漠的，生活也并非是暗淡的，还有人在乎他们的冷暖，还有人期盼他们得到幸福……她多么希望，这些薄薄的明信片，真的会给一颗颗在窘迫中跋涉的心灵些许温暖。

一张张明信片写好了，她又一一按照杂志上的地址核对了一遍，生怕她的心愿无法抵达。

我不曾问过她后来怎么样了，但我相信：她那些如花的善意，一定会穿越万水千山，会春风般地吹入那一颗颗渴望美好的心灵。

我曾经采访过一位企业家，他生前曾捐助过近百位大中小学生，他们很少向他表达感激，当他患了不治之症，住进重症病房后，有不少当初受过他捐助的学生知道了，却只有三个学生打电话或到医院去探望过他，其他的受助者似乎都忘却了他，没有给他送上一份关切，甚至当我追问一位受他帮助已读完大学，找到工作的年轻人，为什么不去看望自己的恩人，那个大学毕业生竟借口自己刚参加工作，太忙了，没顾得上。

当我慨叹某些年轻人不懂得感恩时，已病入膏肓的企业家却淡然道："不要责怪他们，我当初伸出援助之手时，根本就没有想过将来要获得怎样的回报。人生一世，有一些美善的花朵曾经绽开过，曾给人送去过美丽、送去过馨香，就足够了。"

我的心不禁一颤：原来，在岁月沧桑的枝头上，那些美善的花朵，兀自绽开，兀自飘落，都那么自自然然。唯此，才让人们蓦然回首时，内心陡生美好，如诗。

点评

有时候，我们只需蹲下身来，去关注，去倾听，就会惊喜地遇见许多美好的事物。仅仅有细致的观察还不够，还要善于倾听，倾听世间种种生命真实的言说，在倾听中，获得丰富的写作素材。

第二辑　一路向前，带着你的欢喜、你的明媚

爱在，便有无数的良辰美景。不管世事如何沧桑，只管带上你的梦想，你的热爱，一路向前，留下你的欢喜，留下你的明媚，让此生的每一寸光阴，都有爱的花朵绽放，都有爱的雨露滋润，每一个寻常的日子，都被爱幸福地照耀。

只管向前奔跑

贝基拉出生在埃塞俄比亚一个贫苦的家庭，很小的时候，他就渴望成为一名驰骋赛场的长跑健将。他时常站在训练场边，羡慕地看运动员们训练。但极度贫寒的家境，让他自卑得有些羞愧——他不仅拿不出训练费，连最便宜的普通跑鞋也买不起。

那天，贝基拉不知不觉地又走到训练场边，望着跑道上那些奔跑的身影，他既羡慕又难过，心头奔跑的热望刚一亮起来，很快又暗淡下去。

一位跨栏教练员听了贝基拉心中的苦恼，将他带到一组很矮的栏杆前，让他一路跑过去，他轻松地跨越一个个栏杆；教练员又指了指那组已升高到足有一米五的栏杆前让他再试一试，他努力了好几次，也没能跨过去。

这时，教练员平静地告诉他："孩子，你刚才所说的那些困难，就像眼前的这一道道栏杆，它们会横在每个人的面前，那些你现在跨不过去的栏杆，可以在一次次的失败后，最终跨越它们，你还可以踢翻它们，也可以绕过它们，你只需盯准你向往的前方，只管努力地向前奔跑，相信没有什么可以拦住你的梦想。"

教练员的一席话重新点燃了贝基拉的信心，从此，买不起跑鞋的贝基拉开始了他坚定而执着的赤脚奔跑训练，广袤的原野、泥泞的山路、坚硬的戈壁滩上……随处可见他奔跑的身影，他已练出了一双铁脚板。数年后，他成为埃塞俄比亚著名的马拉松运动员。

在 1960 年罗马奥运会马拉松赛场上，贝基拉一出现，便引起人们的关注，因为他是唯一赤脚的运动员。在数万名现场观众热烈的掌声中，贝基拉为他的祖国赢得了一块沉甸甸的金牌。

距 1964 年的东京奥运会开幕还有 20 多天，贝基拉动了一次手术，很多人以为他这次一定会放弃比赛。然而，32 岁的他不仅出现在马拉松赛场上，而且再夺金牌，成为奥运史上第一个蝉联这个项目冠军的选手，也成为埃塞俄比亚的民族英雄。

贝基拉感慨道："一切都很简单，只要站到跑道上，就没有什么障碍可以拦住奔跑的雄心，我就只管向前，再向前，一路向前地奔赴梦想的终点。"

没错，在大千世界中的每个人面前，都可能会横着一些诸如清贫、病魔、磨难之类的障碍，只要不失去向前奔跑的雄心，就会勇敢地、智慧地跨越它们，踢翻它们，绕过它们，就会抵达梦想的前方。

点评

本文曾入选中考试题。抓住中心人物特有的闪光点，紧扣主旨，不枝不蔓，方能在有限的篇幅之内，凸显人物优秀的品格，将人物塑造得栩栩如生。

本是一颗不幸的黑痣

1823年，在英国南部城市威尔士的一个小城镇，一户穷困潦倒的农家，一个瘦小的女婴呱呱坠地。她不合时宜地降临，在愁眉不展的父母看来，只是让本已穷困的家中又多了一张吃饭的嘴。更让父母苦恼的是女孩两岁那年，左脸上突然生出一颗指甲大的黑痣，让她那张本来就不大好看的脸，变得更丑陋了。

来自亲人和周围人们歧视的目光，让从小自卑感便很重的女孩变得更加抑郁了，她常常久久地望着远方发呆。父母更加不喜欢她了，只让她念了四年书，便让她去一家农场做工。女孩默默地听从了父母的安排，每天除了拼命地干活，一有空闲，她就躲到一个角落里，痴迷地读着能够找到的各种书，似乎只有沉浸在书籍的海洋中，她才可以忘却生活中那无尽的烦恼。如果不是因为那突如其来的预言，她十有八九会像许多贫苦农家孩子一样，默默无闻地走过凄苦的一生。

女孩命运的改变是在她13岁那年的春天。一位牛津大学当时赫赫有名的哲学家，偶然地在那家农场的草垛旁，看到了正在全神贯注地读书的女孩，他不容置疑地对身旁的人说："哎呀，这个小女孩双目有神，心智非凡，将来肯定是这个小镇上最有出息的人，她脸上的那颗黑痣，其实是一颗幸运星。"

"真的是那样吗？"哲学家的预言像一块巨石，砸在了女孩的父母和众人平静的心海里，他们不约而同地打量起平时谁都不愿意多瞧几眼的女孩。

许多事情就从那时突然变得奇怪起来——丑丑的女孩虽然没有一下子美丽多少，但却可爱许多，众人纷纷搜寻了许多旁证，来附和哲学家的判断，以证明女孩的确与众不同。人们的赞赏，深深地鼓舞了女孩的父母，他们像拣到了金子一样兴奋起来，女孩脸上那个讨厌的去不掉的黑痣，在父母的眼里也陡然成了一种智慧的象征。接下来，一连串的幸运降临到女孩的头上——本镇最好的学校主动免费邀请她入学，一位大农场主主动登门认她为干女儿，为她提供了最好的学习条件，并帮助她一家人走出了贫困的阴影。

“女儿是神童”的说法还在不断地传播，女孩陷入了众人羡慕和激励的包围中，一天天地自信、开朗起来，笑容一如阳光般灿烂起来，她的学习成绩一年比一年优异，还成了校园里的积极分子，她的组织能力在同学中间出类拔萃。女孩脸上的那颗黑痣又扩大了一点儿，但这并没有妨碍许多英俊的男士频频向她示爱，她真的由丑小鸭变成了美丽的白天鹅。

后来，女孩取得了剑桥大学的博士学位，成了著名的爱丁堡大学当时最年轻的女教授和一名很有影响力的社会活动家，再后来，她还做了伦敦市的市长助理。

随着时光的流逝，几乎已没有人记得女孩卑微的出身和她凄惨的童年，人们把更多的敬慕和赞赏投给了一步步迈向更大成功的女孩。

女孩35岁那年突然病逝，许多人不禁扼腕痛惜，因为她即将被提名为皇家科学院院士。后来，一位医生道出了女孩死亡的原因——女孩脸上的那颗黑痣发生了癌变，癌细胞侵入了脑组织。但此时，已经没有人在意这一点了，人们到处传颂的是女孩脸上的那颗黑痣，乃是上帝赐予的象征智慧和才干的幸运星，人人都在羡慕女孩，都在渴望自己也拥有一颗那样神奇的黑痣。

灯下，阅读那位名叫圣安·玛丽娅的女子近乎传奇的人生故事，我不禁喟然——本来只是一颗不幸的黑痣，竟然因为或许仅仅是不经意的一语预言，转瞬间便被附着了一股神奇的魔力，人间的不幸，也成了向上登攀的台阶，并由此让卑微的小女孩有了辉煌的人生走向。与其说是命运无常，不如说是奇迹无处不在，平凡如我辈的每个人，其实都拥有一脉储量极其丰富的矿藏，最关键的是要不断地去挖掘，靠自己，也靠别人。

点评

本文曾入选中考试题。围绕主题，选取重要的素材，按时间顺序展开简洁明了的叙述，情节的曲折辗转，暗合人物命运的反转变化，自然地传递出作者独特的感受。

久久芬芳的书香

在一个阳光灿烂得有些灼人的午后，喜欢逛旧书摊的阿元，引我结识了摆旧书摊的秦学。他的个子瘦高，鼻梁上架着一副黑框眼镜，文静、平和、不善言谈，典型的一介书生模样。

其实，在见到他之前，阿元已跟我讲述了他的一些传奇经历，包括他只读了六年书，便因为家境贫寒被迫辍学，但他20岁便有小说在《人民文学》上发表，他的散文还被选作省中考语文试卷的阅读材料。

他的书摊是那个旧书市场里最大的一个，铺地的塑料绵延近百米，上千册图书整齐地排列开来，蔚为壮观。

我和阿元去时，正是顾客寥落时分，不远处树荫里几个摊主扑克甩得正响，他坐在一个网绳编织的简易折叠椅上，手捧一本包了封皮的旧书，边读边照看他的生意。

看来他的生意并不是很好啊，我心里嘀咕道。可秦学似乎并不在意，他微笑着递给阿元要找的一本民国时期出版的《良友》杂志，封面上的美女是影星蝴蝶，穿过重重的历史烟尘，她依然妩媚地笑着。阿元兴奋地道谢，不无骄傲地告诉我，以后需要找什么书，只管告诉秦学，他肯定能想办法找到。秦学却一脸认真地说："那倒不一定，得碰，得看是否有书缘。"

秦学的话立刻让我想起了一位名家曾说过这样一段话：无论是读书人，还是藏书人，都是缘分使然，与书相遇、相知，都有些机缘巧合的意味。

我问他怎么选择了与旧书打交道，他轻描淡写道："是命中注定，也是阴差阳错，但不管怎么样，我还是很喜欢这个选择。"

我知道，以他的聪慧和勤勉，原本可以像很多同龄人那样一路顺风顺水地读书、考学、就业……但为生活所迫，他早早地离开了校园，在品尝了卖水果、送外卖、端盘子、做力工等多个工种的苦辣酸甜后，他才闯进了眼前这个行当。

虽说他刚刚做了两年多，尚未有可观的收入，却凭借独到的眼光和超人的勤奋，赢得了同行们的赞赏，并拥有了不少宝贵的藏书和心灵相通的书友。

就着他手中的那本《西方生命美学》，我们三人聊起了有关美学方面的问题，令我惊讶的是，刚才说话近乎木讷的他，一谈起西方美学家们的著述和自己的见解，竟滔滔不绝起来，其思路之敏捷，语言之流畅，令我这个从事美学研究和教学的大学老师也自愧不如。

我敬佩地说他可以到大学里当老师了，他谦虚地说自己所言不过是“一些拙见”，却忍不住依旧娓娓谈论他的读书体会。他阳光中的那份可爱的认真和沉浸，真叫人感动。

接下来，我们又聊起了写作，聊起了不久前他被《读者》转载的一篇美文，一个个话题被打开，一个个观念在碰撞，我们竟有了遇到知音的欣悦。不知不觉间，天色已晚，他该收摊了。阿元意犹未尽地提议，去参观一下秦学的藏书。

于是，我们被公交车颠簸了近一个小时，来到了市郊的一栋老旧的平房前，秦学一再强调他现在租住的是地地道道的“寒舍”。

我和阿元一走进他的两间小屋，眼睛立刻睁大了，嘴巴也张大了，因为我们看到，屋子里除了几件必需的旧家具，地上地下，床头、案头、窗台，到处都堆满了书，简易的书架也没有，一排排书便直接摆在地上，得小心翼翼地转身，才免得碰倒高高的书摞。那盏老式的台灯旁的一幅字，给了他的小屋简洁而准确的概括：一地书香。

我恍然明白了，为何秦学一谈起读书便会口若悬河，也知晓了他能够写出锦绣文章的秘密。坐拥一地书香，是怎样的一份幸福的浸润啊？

远离了功名利禄的诱惑，屏蔽了嘈杂与纷扰，一任思绪沿着那些文字，自由地游走于古往今来，天下风光尽收眼底，无限情思自然飘逸，此间之快乐，真的是“欲辨已忘言”了。

后来，一想起秦学的旧书摊，想起他市郊的那一地书香的小屋，我便陡然神清气爽了许多，平素里有些放不下的东西，有些耿耿于怀的事情，立刻变轻了许多。原来，书香是有着神奇力量的，远远地，久久地，传送过来，依然那样真切而美好。

点评

其实，我们身边有很多有故事的人，比如我邂逅的这个爱书的年轻人，他寻常的生活遭遇，让我不由得想到了“浪漫”这个词。是的，我觉得坐拥书香的日子，是人间烟火味里最浪漫的情节，我愿意把它写出来，与读者朋友分享。

有一种爱是静水流深

接连不断的家庭变故，让她本来就十分艰难的求学之路，在她15岁那个秋天被迫中断，尽管她那么酷爱读书，成绩那么优秀，每次考试都得第一名。

沿着山路伤心满怀地回家，眼前那些飘落的黄叶，似乎都比她幸福百倍，因为它们都曾在枝头恣意地青翠过，而她葱郁的梦想刚刚发芽，便要被贫困残暴地掐断。

无奈，她瘦弱的双肩过早地担起生活的重荷，开始了整日忙碌而艰辛的劳作。

初冬的一天，她正打点简单的行囊，准备跟村里的人一同到南方打工。班主任老师兴奋地跑来了，他手里还拿着一张绿色的汇款单。

原来，学校对她的辍学特别惋惜，一直在想方设法地努力帮助她，只是在那个出名的贫困县里，像她这样的学生太多了，学校也一时爱莫能助。还好，学校终于与一个爱心基金组织联系上了，有一位好心人愿意资助她读书。

捧着那张汇款单，她喜极而泣，她的心里又涌入了明媚的阳光。

虽然生活依然清贫，她还有一大堆的家务活儿要做，但这并没妨碍她每天欢欣地往来于那条崎岖的山路上，没影响她把绵绵的心事说给沿途那些无名的野花和小草。是的，能够继续读书，就是最大的幸福，她已对命运心存感激。

她很想知道是怎样的一位好心人在帮助她，想写一封信寄去满怀的谢意。但基金会的答复是，那位资助者不愿意透露自己的信息，只要求被资助者好好学习，能够早日成才。

此后的每个月，绿色的汇款单都会如期而至。开始是一百元，随着她年级的升高，数额升到了二百元，再后来是三百元。虽然钱数不是很多，但足够支撑她的学业。她细心地记录下了每一张汇款单寄来的日期和数额，每当看到那一串不断延长的数字，她便禁不住思绪翩翩，想象远方的那个他会是怎样的一个人，其生活情况如何,又是怀着怎样的爱意一次次地把钱寄出……

时光飞逝,转眼间她就走进了高考的考场。

接到大学录取通知书,她正为那笔不菲的学费发愁,一张数额一万元的汇款单令她和全家人惊喜万分:好心的人啊,似乎对她家的情况了如指掌,而她对源源不断地向她输送爱意的人,却丝毫不了解。

她曾向那家爱心基金组织多次打探,但工作人员始终不肯告诉她资助者的任何信息,并说资助者只想静静地帮助一个需要帮助的人,个人并不需要任何回报,只希望救助者能够成才,能多为家庭和社会做一些贡献。资助者特别要求工作人员要为其个人信息保密。

这时的她,特别想认识这些年来一直默默地帮助她的好心人,想由衷地道一声"谢谢"。然而,她费了好多的心思,通过好多渠道,也没能实现心中沉甸甸的愿望。

在大学里,除了刻苦地学习,她拼命地打工,学费和生活费已基本能够凑齐,可好心人的资助依旧常常寄来,虽然数额少了,但那份暖暖的关心,她能够清晰地感受到。大三时,她把勤俭节省下来的一笔资助金,转寄给了家乡一个更贫穷的女孩——她想让那无瑕的真爱传递下去。

那天,那家爱心基金组织的一个电话,让她骤然呆住了:资助她的好心人,一周前去世了,他的最后一笔汇款刚刚寄出。

站在明晃晃的阳光里,不顾往来行人惊诧的目光,她肆意地泪雨滂沱。她苦苦地哀求那位工作人员,一定要告诉她那位好心人的情况。这些年来一直在见证并感动于这些美好故事的工作人员,终于被她的执着打动了,说出好心人的一个汇款地址和他的名字。

几经颠簸,几多问询,她终于来到了位于黑龙江省北部的一个偏远的林区小镇,终于站到了朝思暮想的好心人低矮的小屋前,终于看到了他难得的一张照片——那个瘦小的老人,一身黑色布衣,满脸的沧桑一览无余。

原来,他是一位孤独的退休老人,每个月的退休金只有八百元。这些年来,他一直在很愉快地拣废品卖钱,熟悉的人不解地问他:"拣废品又脏又累,可你为什么总是那样乐呵呵的?你明明有了两份收入,为什么却始终省吃俭用?你攒钱干什么……”对此,他总是微微一笑:“因为有人需要。”

谁会需要他的帮助呢?他没有告诉询问他的任何人,因为他只想静静地做一件自己愿意做又能够做到的事情。

她的到来,让人们惊讶地发现:那个天天走街串巷收废品的老人,还悄悄地留下了那么多美好的记忆。

跪在老人坟前,往事如潮,她心海难平。轻轻地捧起那束鲜艳的野花,她仿佛看到了老人在暮色中挑拣废品的从容,看到了老人发现一块废铁的欣悦,看到了老人走出邮局时的自豪……是的,怀揣着一份澄净无比的爱,他坦然而认真地忙碌着,像一位一生辛勤的耕者,把静静的爱,静静地播撒……

点评

我们相信:静静的爱,还在蓬蓬勃勃地生长着,不仅在那个小女孩幸福的心田里,也在无数美好的心田里。如是,不妨将关注的目光投向身边那些普通的小人物,在他们的身上,我们往往会有惊喜的发现。

那些动人的风雅

在荷兰首都阿姆斯特丹的一个街角，我见过一位特别的艺人：他年轻，个子细高，西装革履，扎一条红色领带，皮鞋擦得锃亮。他身旁放着一只漂亮的长笛，却从未见他吹奏过一次。

他端坐在阳光里，轻轻吹着一支耳熟的乡村口哨曲，一双灵巧的手，三下两下，便用麦秸编出一只形态有点儿夸张的蚂蚱。

最让我惊讶的是，每编好一只蚂蚱，他都会给它起一个非常亲切的名字，仿佛它们都是自己心爱的孩子。

我将目睹的那一幕风雅讲给一位大学的同事，他说："在欧洲，我也经常会被一些风雅感动。"

同事在法兰克福大学讲学期间，结识了一位高龄的学生，她 71 岁了，是从保洁员的岗位上退休的。同事很惊讶，她居然走进他的课堂，饶有兴趣地听他讲中国古典文化，并认真地做笔记。

课间，她问了他一连串问题，像一个喜欢刨根问底的小学生，对他讲的内容，她孜孜以求，似乎对很多问题都想一探究竟。

同事耐心地一一解答了她的问题。她从兜里掏出一朵鲜艳的蔷薇花，送给同事："谢谢您，我从您生动的讲述里，闻到了淡淡的花香。"

瞬间，一股特别的感动拥抱了同事。他讲了那么多年的课，第一次惊喜地听到有人说，从他的课里闻到了花的芳香。

与同事毗邻而居的布朗教授，是一位著名的化学家，也是一个心地特别善良的老人。

有一天，一个七八岁的小男孩，抱着一个金鱼缸来向他求援，不知道什么原因，那三条金鱼突然打蔫了，好像生病了，不进食，也不愿意游动，一副可怜兮兮的样子。

布朗教授仔细观察了好半天，似乎也没能找到真正的原因。于是，他开始为鱼缸换了清水，又补了氧气，还拿来了金鱼最爱吃的食物，结果却依然如故。

小男孩的眼里流露出明显的失望，说：“难道它们真的要死了吗？”

“也许它们只是累了，想换一个地方长长地睡一大觉，让它们在我这里休息一天，好吗？”布朗教授抚摸着小男孩的头，柔声地提了这个建议。

小男孩很信任地放下了鱼缸，转身回家了。

第二天，小男孩早早地来敲布朗教授的门。他欢喜地看到，三条金鱼正在鱼缸里活泼地游来游去。好像一觉醒来，它们又精神抖擞了。

小男孩开心地说：“我跟妈妈说过，它们不会死的，我真的说对了。”

“孩子，你说得很对。”布朗教授面带微笑。其实，他第一眼就看出来了，那三条金鱼感染了一种很厉害的疾病，已无法疗治。但他没有说明，还煞有介事地那样忙碌一番，只是不想让小男孩伤心。他留下鱼缸，到市场偷偷换了三条一模一样的金鱼。

更让同事感到意外的是，布朗教授将那三条病死的金鱼，埋到校园里的一棵樱桃树下后，双手合于胸前，口中念念有词，为它们默默祷告了一番，才起身去实验室。

布朗教授对小男孩的悉心抚慰，对金鱼生命的尊重，在细微之处，展示的正是知识分子的一种令人肃然起敬的风雅。

还是在荷兰，两个从打谷场归来的农民，踏着夕阳，在秋日柔软的田埂上，慢悠悠地走着。一个拍着另一个的肩膀，说：“兄弟，我们先去喝一杯咖啡，然后，我们坐火车去城里，欣赏一下那里的月光。”

劳碌后的农夫，喝一杯咖啡，已是十分有风雅的事了，竟然还要搭乘火车，去城里欣赏一下别有风味的月色，更是令人惊叹的风雅啊。

没错，谁都可以活得风雅一些，都可以展示自己与众不同的风雅。

风雅，也从来都不与年龄、身份、职业、教养等密切相关，而是与人的精神世界息息相通。

一个人的风雅，正是其心灵纯净、品位优卓、境界脱俗的生动写照。有风雅润泽的生活，会多一分情致，多一分令人舒心的美好。而许多人的风雅，汇聚在一起，则能折射出一个民族、一个地域、一个时代特有的文化风貌和情趣。

点评

风雅，是一种高贵的气质，是一种高品位的风度，只要愿意，每个人都可以在平凡中展示自己的风雅。因为真正的风雅，来自于灵魂的深处，来自于精神的高地。风雅，总是那样的自然，远离矫揉造作，更不附庸什么外物。

融入城市的父亲

我把在乡下跟土地打了一辈子交道的父亲接进城里来住，原以为他会有一段不适应期，但很快我便发现自己的担忧是多余的，父亲像一株生命力极为旺盛的柳树，一下子就融入了城市的生活。

单元门上的声控灯坏半个多月了，每次晚上回来开门，我都要在黑暗之中摸索着花费不少时间，有时弄得心情也一团糟。可是，我和整个单元的人，谁都没有在下班的路上或逛超市时，顺手买一个价格低廉的灯泡安上。父亲来后的第二天，门前便一片光亮。我夸赞父亲是光明使者，他嘿嘿一笑，说不过是举手之劳。

小区门前的花坛，许久没有人照料了，里面长满了杂草。父亲不知从哪里弄来了工具，主人一样地开始除草、搬走垃圾、疏松花土，又从别处移来了各种花苗。不久，门前便花香四溢，小区里的人见了父亲，都夸奖他勤快能干，他反倒不好意思了，说他在乡下习惯了干活儿，见到那块地方荒着，感到可惜了，栽种一些花，看着养眼，心里也舒坦。

父亲不光栽种了那些花，还当仁不让地当上了“护花使者”，每天都要在小区院子里转上几圈，拦阻一些淘气的孩子对花的揪、掐、摘，顺便把散落在花坛边的垃圾捡起来送到大门外的垃圾箱里。我笑着逗他，你一天天那么忙碌，让小区总能保持美好的环境，我得找物业管理部门，为你申请补助啊。

他得意地告诉我，他最近这两天还撕掉了不少贴在小区单元门上的广告。我问他为什么撕掉，他说，他一眼就看出那些都是骗人的东西，有的说是某某药店免费发放什么药物，有的说是请专家免费给老年人进行体检。其实，都是糊弄人的，让你去了，一检查，准保个个都有病，使劲儿吓唬你一番，让你乖乖地掏钱，买那些昂贵的还不一定见效的药物。这样的事情，在乡下我就见识过了，村里的人没少上当受骗。他同小区里的不少老人也聊过，他们当中也有人被骗了上千块钱。

我很赞同父亲的说法和做法，但又提醒他，让他在撕掉那些小广告时，注意别让贴小广告的人遇见，防止人家打击报复。他一脸凛然道："怕啥？那些骗人的家伙都心虚着呢，就是打了照面，我也敢戳穿他。"

我没再多说什么，换了一个话题，建议他去附近的公园活动一下身体，他说那里人多，闹哄哄的，不如在小区里走走。忽然，他问我能不能把家里用不上的书找一些出来，我问他干什么，他拿过一张前一天的晚报，指给我看上面的一条募捐性的新闻。

原来是一所专门为打工子弟开办的学校，正在向社会各界募集课外书给学生们阅读。这是一件好事，我立刻放下手里的工作，开始从我的书架上筛选我一时不读的、适合学生阅读的书籍，父亲在一边帮忙把选出来的书装到一个纸壳箱里。忽然，他举起一本《现代汉语词典》，让我把它也捐了。我说报上只是说捐课外书，父亲说学校买不起课外书，这么厚的词典，肯定也买不起，而学生们肯定更需要它。我点头，觉得还是父亲想得周到。

第二天，父亲说他要亲自送到那所学校去，我说路太远，要转两次车呢，还是通过社区转交吧。父亲说早送去，学生们可以早看到，路远点儿没关系，就当是看看城市的风景了。

天很晚了，父亲还没有回来。给他配的手机也没带，我有些担心父亲迷了路，或者遇到了麻烦，焦急地跑到楼下看了好几趟。直到六点多了，父亲才回来，手里还拎着一袋10斤装的大米。

我刚要嗔怪他回来这么晚，害得我禁不住要胡思乱想了，父亲却兴高采烈地告诉我，他回来的路上见到一家商店前排了长长的队伍，大多是老年人。他一问是商店搞促销，每斤大米一元钱，每人限购10斤。他便过去排了两个多小时的队，买了这袋大米。

超市的大米每斤也不过一元二三，10斤大米顶多也就节省两三元钱，还不够他今天出去的路费呢。我说父亲真不会算经济账，父亲立刻反驳我，该节省的就要节省，一毛钱也是钱啊。我立刻投降，说父亲做得对，他便嚷着赶紧给他盛饭，说是饿坏了。

父亲昨天还跟我说他兜里有二百多块钱呢，我问他怎么不在街上买点儿自己喜欢吃的，他脸红了，说没跟我商量，把钱和那些书一起捐了。我笑了，说他差一点儿裸捐了。父亲问我什么是“裸捐”，我说像他那样饿着肚子捐钱捐物的，就是裸捐。

父亲看出我在打趣他，便故作生气地说，以后他做了好事，再也不向我报告了。

我骄傲地说：“我可爱的老爸，你进城不到半年，好事就做了一大堆，想要竞选小区的文明市民啊？”父亲连连摇头，说：“你不是担心我不能尽快融入城市吗？我这是在努力呀。”

“老爸，你已经融入了城市，而且是一个优秀的市民了。”我冲着父亲跷起了大拇指。

点评

一个人要融入一个陌生的城市，并非想象的那么困难，只要心存爱意，与人为善，就很容易拉近心与心的距离。有时，写作亦是如此——只要心存欢喜，爱意盈盈地感受和体验，就会有汩汩流淌的情思汇涌到笔端……

淡定真好

喜欢那个简单无奇的词语——淡定。只那么轻轻地一读，便有一缕清香扑面而来，便有一份不事雕琢的朴素簇拥身旁。哦，淡定真好，淡定就是花蕊间的一滴自然凝结的露珠，是山谷中兀自奔流的一脉小溪，是崖壁上一株悠然的小草，是浩瀚苍穹里一颗闪烁超然的星星……从容如花开花落，自在若云卷云舒。

与淡定邂逅，是在年味越来越浓的岁末时分，回到阔别许久的故乡，与儿时的伙伴坐拥一炉炭火，一壶酽茶，敞开幽闭已久的心扉，将悠悠走远的时光重新拉回眼前，于苦涩中品出香甜，于平实中嚼出深刻。

与淡定相握，是在关闭了手机的纷扰、屏蔽了电视的嘈杂、躲开了网络的眩目以后，在一袭柔和的灯光下，有些自恋地捧起那本平素难得一读的诗集，让那些长短错落的诗句，温柔地拂过依然真纯充盈的心陌。

一位喜欢登山的朋友告诉我：他最幸福的时刻，不是登上顶峰的瞬间，而是在半途休息时，气定神闲地望着山脚下那模糊的村庄和那袅袅的炊烟，想着陪自己一路行走的那些美丽的风景，那种实在妙不可言的感觉……

街角那位修鞋的老者，似乎根本不在意顾客一直都是稀稀落落的。每每走过他的小鞋摊，总见他捧一本厚厚的武侠小说，那副淡然自若的沉浸，简直就像一个身怀绝技而超脱世外的武林高手。

行走于红尘间，我曾一度疏远了淡定，年轻气盛的自己似乎总在试图向别人证明什么，常常无端地盲从和急躁。一份工作做了没多久，便失去了耐心，这山望着那山高地频频跳槽；一个突如其来的念头，就可以打乱自己原有的计划，草草地行动，但大多是浅尝辄止地半途而废；似乎有很多的梦想，似乎自己有多方面的才干，去帮人搞策划，去琢磨开公司，去炒股票，去想方设法进入影视剧写作的圈子……整天忙忙碌碌，结果却只赚得一身的疲惫和无数的失落。

不久前，我去外地出差，遇到了一位十几年未曾谋面的大学同窗好友。在那家高层酒楼挑选了一个清静角落，我们两个人慢慢地对酌。

早就听说好友大学一毕业，便去了南方，数年的打拼后，已拥有数千万的资产。

见好友西装革履，神清气爽，便不无羡慕地问他："最近又发财了？"

好友莞尔："最近没有发财，但破财了。"

我不以为然地轻描淡写道："那也肯定是小小的意外，损失一定不严重。"

好友轻轻地啜了一口酒，淡淡道："损失不小，五千万的投资全都打了水漂。"

"五千万？"我惊愕得失声大叫，手里的杯子几乎跌落在地，满脸的难以置信。

好友依然轻松地微笑着，仿佛在说着别人的事情："没错，一下子砸进去了五千万，因为一次风险估计不足的错误投资。"

"那你还有多少家底啊？"我从好友的脸上竟没有看到一丝的沮丧，他那份处变不惊的淡定，让我立刻想到了那个熟悉的词——从容不迫。

好友爽朗地笑了，说："我的家底还很丰厚啊，除了一千多万的外债，是压力也是动力，我还有健康的身体，幸福的家庭，东山再起的信心，不少可以捕捉的机遇……"

"真佩服你这位真正的男子汉！"我满怀敬重地向好友举起了酒杯。

好友依旧语气淡淡地说："其实也没什么，经历了这么多年的商海起起伏伏，我只是学会了看淡很多东西，包括成功和失败。"

我由衷地说："你现在就很成功，就凭你这份淡定若山的心态。"

好友无言地默许了。他的目光投向窗外熙熙攘攘的车流，脸上写满了刚毅和自信。那一刻，我知晓了淡定若山的神奇与可贵。

与好友相逢后，我一下子变了许多，很多原来认为多么重要多么需要去争取的事情，忽然觉得根本不值得去浪费时间和精力；突然发现原来许多放不下的诱惑，与自己根本没有多大的关系。由此，知道了自己的位置、该努力的方向，懂得了脚踏实地，懂得了看淡利害与得失。

再听到身边有人抱怨这个不公平、那个不合理，也不再去大声地辩解或附和，一切都很正常，不过是谁去看，从哪个角度看，关乎谁的利益而已。

再不会去斤斤计较一份工作自己多做了多少，不会在意一堆好事自己少摊了几件。

哦,淡定真好!

淡定的老翁,将一脸的平和交给了夏日浓浓的榆荫;淡定的学者,将一怀的情思交给了静静的书斋;淡定的农夫,将一份丰收的喜悦看成是老天对自己勤劳的奖赏;淡定的水果摊主,用小刀剜掉苹果上溃烂的部分慢慢享受一份别样的香甜……

淡定真好。带着一份淡定,漫步在晨曦中,会感受到阳光一点点地温暖胸前背后;带着一份淡定,仰望星空,会感受到浩瀚正一点点地扩展着心境。那样的时刻多美啊,淡定,淡定,我听到了世界最美妙的声音,正缓缓地流过心灵。

点评

思路大开,不拘泥于一点一面,采用辐射式的构思方式,往往可以收到“形散神不散”的表达效果,就像本文围绕着对“淡定”的欣赏,一任思绪蔓延,形形色色淡定的人们和种种淡定的情态,一一汇聚到笔端,叙述、抒情、议论,无不浸润着对“淡定”的真切感受与品悟。

把好风景装在心里

初秋时节，我参加了一个“欧洲六国半月游”的旅行团，从哈尔滨出发，到北京转国际航班。在候机的间歇，几乎每个游客都不约而同地掏出各种型号的照相机和录像机，对准自己看好的风景，一通狂摄。

飞机在维也纳刚一落地，几位性急的游客，便亮出相机，咔嚓咔嚓地往里面装风景。

导游笑着说：“先别着急拍照，有的是好风景，有的是时间。”

然而，导游的提醒，似乎根本没人听到，又有不少游客也加入了拍照的行列，我也不甘落后地拿出新买的单反相机，把看着新奇的景象一一收进。于是，大家仿佛一下子都成了摄影师，对着异国的建筑、街道、花草树木、行人……悉数拍照，一个不落。

走到著名的维也纳金色大厅前，早已没人听导游的讲解了，大家四散开来，纷纷找寻最佳位置，调整最佳角度，端起手里的“长枪短炮”，冲着那些风景，开始狂轰滥炸般的拍摄。当然，大家也相互合作，每个人都摆出各种姿势，面含笑容，让自己站在形形色色的风景中央，定格自己的身影。

不到半天，好几个人的相机电池便没电了，眼瞅着身边还有许多好风景，收不进来了，他们脸上露出明显的遗憾和沮丧，那些电池准备充足的，则继续热情不减地疯狂拍摄，一副要把维也纳的风景全都带回家的架势。

忽然，我惊讶地看到一位中年男子，两手空空，好像没带相机，他跟在导游身边，与导游并肩而行，一边欣赏沿途的风景，一边饶有兴致地聊着什么。

我走过去，热情地要给他拍两张照片，他微笑着道了一声“谢谢”，然后坦言：“我不喜欢拍照，只喜欢看风景。”

“出国旅游也不带相机？”我觉得有些不可思议。

“现在无论到哪里旅游，我都不带相机。”他一脸的淡然。

“为什么？难道没有值得你收藏的风景？”我更惊诧了。

“不，值得收藏的风景很多，但我不会把风景装在相机里，而是要把风景装在心里。”他语气平静。

“把风景装在心里。”我轻轻地重复了一句，似有什么东西撩拨了自己的心。

没错，我们这些游客，欣欣然来到异国他乡观光游览，本是要欣赏美景，开阔视野，增长见识，愉悦心情的，结果却乐此不疲地忙于拍照，全然忘了好好欣赏迎面而来的风景。

于是，在巴黎游览塞纳河时，我没有拍一张照片，而是像那位不带相机的中年人一样，站在游船上，让目光慢慢掠过两岸的风光，向每一道风景致意，惊讶地慨叹，欣喜地鼓掌，思绪不时地被牵回到某一段历史，或引入某一个记忆，或浮想联翩……

蓦然，我感觉许多栩栩如生的风景，正在我心灵的大幕上徐徐移动，一种说不出的欣悦，那样真实而美丽。

的确，即使是再高明的摄影师，若是忘记了欣赏，只是一味地拍摄，那么也不会留住最美的风景。因为唯有心的沉浸与灵动，才有魅力不减的风景。

点评

最美的风景，应该印在心灵的底片上。仔细打量日常生活，我们会惊讶地发现，许多新奇的东西，就藏在我们熟悉的琐屑的小事当中。本文新颖的主题，就是从众人寻常的言行里提炼出来的。

奇迹的名字叫父爱

那是青葱的少年时代，极其偶然的一天，他从广播里听到了美妙的钢琴曲。就在那惊雷般的一瞬，他心中涌起了一个强烈的愿望——拥有一架钢琴，弹奏出震撼心灵的乐曲。

然而，直到两个女儿出生后，家境始终清贫的他仍没有机会弹钢琴，拥有自己的一架钢琴，更是近乎天方夜谭的奢望了。但梦想的种子已经播下了，开花与结果的景象，已经无数次地在他脑海中浮现过。每一次，都像那首雄壮、激越的《命运交响曲》，重重地撞击着他不甘放弃的心灵。

他要让女儿从小就能在那黑白键上弹出清泉般的旋律。那年他 25 岁，上有老下有小，他每月的工资只有 60 元，而当时最便宜的一架钢琴也要 1 200 元。于是，一个令人不可思议的想法，紧紧地攫住了他的心——没技术、没设备的他，决定要用手工为女儿做一架钢琴。

一架钢琴仅仅击弦机上便有 8 000 多个零件，需要 100 多道繁杂的工序，从没有见过钢琴制作图纸的他，经常去文化馆、歌舞团，想方设法地偷偷描画钢琴的结构图。

接下来的困难更是令人难以想象，钱是一个大问题，在那个物质高度匮乏的年代，购买很多今天看来极为日常的东西，都得凭票，而像钢材、铜丝这类的紧缺物品就更难弄到了。

但他没有被难倒，困境逼迫他想出了种种“补救”的办法：用废旧自行车轮里的钢丝、日光灯镇流器里的铜丝做琴弦，用家里的门条做琴架，用鞋带做连接击弦机的带子……为了做出第一架钢琴，他起早贪黑地忙碌，用了一年多的时间，他硬是做出了一架有 60 个键的缩小版的简易钢琴。

当好听的音乐从木头键盘上流淌出来时，他和女儿都甜甜地笑了，尽管他的手掌上满是带血的伤痕。

这时,他没有满足于周围人们的敬佩,又开始琢磨靠纯手工做一架有88个键的标准钢琴。诸多无法现象的难题一个个地摆在他面前,依然缺少资金、缺少原材料,更为繁杂的工序,需要精细的零件加工,以及时不我待的紧迫感,都在考验着他……累得眼花了,双手一次次受伤,最厉害时连骨头都露出来了。可他从未想到过放弃,他的心头一直回响着美丽的钢琴曲。

整整八年过去了,他的梦想最终如愿以偿。带着厚厚茧花的十指抚过那排蕴藏动人旋律的琴键,他自豪地笑了,一如曾经翩翩的少年。

受他的感染,他的三个女儿钢琴演奏水平都很高。如今,大女儿在澳门从事钢琴教育工作;二女儿在日本留学,主修音乐。

他的名字叫王开罗。2008年6月,65岁的他将凝聚了自己无数心血的亲手制作的钢琴,捐赠给了深圳市博物馆。当人们打开琴盖,看到那庞杂、纷繁的结构时,无不由衷地赞叹他非同凡响的手工传奇。

一位音乐家抚摸着这架特别的钢琴,深情地说了一句——这是一位伟大的父亲创造的奇迹,这架钢琴凝聚着远比音乐还要神奇、伟大的力量。

没错,那是一位父亲让梦想开在手掌上的奇迹,它朴素而美丽的名字,叫父爱。

点评

当我第一次读到王开罗的故事时,心灵就被震撼了——父爱深深,没有什么难题可以阻拦一个父亲的愿望,虽说他很清贫,他对孩子的挚爱却那样的一目了然。最平常的人,往往给我们最深的感动,有时只需我们投以关注的目光。

一把花籽，满园芬芳

初到省城那家报社做实习记者，我租住在市郊，周边居住着许多以收废品为生的外来户。我每天匆匆忙忙地采访、写稿，一日三餐，经常随便对付一下。

那天单位发奖金，我犒赏了一下缺少油水的肠胃，去那家湘菜馆点了一桌看着就赏心悦目的菜肴，独自享受了一半，打包带回家一半。

因为是周末休班，我中午喝了两瓶啤酒，头脑略微有些发晕，刚从冰箱里拿出一盒酸奶，忽然，有人按门铃，拿起对话机也没问清楚，只听到一个老妇人外地的口声，我便打开了外面的单元门，以为她可能是去楼上某一家。

几分钟后，有人敲门，声音轻轻的。透过猫眼，我看到门口站着一位满脸皱纹的老妇人，手里拎着一个化肥袋子。显然，她是一位捡拾和收购废品的。我打开门告诉她："我刚刚卖过废品，家里没什么可卖的了。"

"再看看，有没有什么废书废报要卖的。"显然，她知道我是一个读书人，心犹不甘地提醒我。

"哦，这里有一点儿旧报纸，你拿走吧。"我把沙发边上的一小摞旧报纸拿给她。

"我称一称，得给你钱。"她很认真地掏出一个弹簧秤。

"免了吧，就这一点点，送给你了。"我连连向她摆手，准备把门关上。

"谢谢你！小伙子，你手里的酸奶是什么牌子的？味道好吗？"她的目光突然盯住了我手里的酸奶。

"你问这个干什么？"我对她冒昧的打探有些好奇。

"我想给小孙女买一盒尝尝，不知道哪个牌子的好，我见这个盒子花花绿绿的，挺好看的。"她流露出欣赏的目光。

"哦，是这样啊，这是一款刚上市的草莓酸奶，估计你孙女会喜欢的。你可以拿一盒回去给她尝尝。"我忽然心情很好地打开冰箱，拿了一盒递给她。

“不用,不用,我记下这个牌子就行了。”她有些羞涩地推辞。

“拿着吧,这个牌子的酸奶,只有市中心的大超市有卖的。”我塞到她手中。

“好心的小伙子,你的报纸不收钱,我怎么还能……”她非要付给我钱。

“就算是我送给小妹妹的节日礼物吧,明天正好是儿童节。”我找到了一个漂亮的理由。

她一再道谢着走了。我坐在那里边喝酸奶,边想着下周的采访计划。

一周后,我在小区门口又遇见了那位老妇人,她手里还牵着一个六七岁的小女孩。

“小雪,这位就是给你酸奶的大哥哥。”老妇人显然很兴奋,告诉小女孩。

“谢谢大哥哥!除了奶奶,你是唯一送给我节日礼物的。我可以摸摸你的手吗?”小雪的两只眼睛里有很明显的白翳,她直直地把手伸过来。

“哦,当然可以呀。”我忙蹲下身,伸过手去。这时,我才发觉,她两眼什么都看不见。

“沾沾你手上的灵气,我也会像你一样写出文章的,这是奶奶告诉我的。”小雪很兴奋。

“聪明的小雪,将来肯定能写出比哥哥还好的文章。”我的心忽然一颤,感觉她真的像我梦中的一个小妹妹。

“可怜这孩子,得了先天性的白内障,什么都看不到,家里也没钱给她做手术。我在拼命地攒钱,但愿到时候能让她看见这个世界的美。”老妇人忧戚地告诉他。

“要手术,就不能拖延,要抓住最佳手术期啊。”我焦急地喊道。

“我懂,可是我们没钱。”老妇人无奈地叹了口气。

“我来想办法。”一股不容推卸的使命感,催促着我立刻付诸行动。

经过一番调查,我才惊讶地得知,有那么多的白内障患者,由于经济等原因,不能及时进行复明手术,有些人最终丧失了治疗的时机,一生都只能沉浸在无尽的黑暗之中。我还惊喜地得知,由香港等地的爱心人士组织的“光明行”救助活动,每年都会为一些贫困的儿童和妇女提供免费手术救援。

于是,我将调查采访得来的信息,写成一篇篇新闻稿件,形成了一系列深度报道，在我实习的晚报上接连推出。很快，这一特殊群体便引起社会公众和有关部门的高度关注，很多爱心人士和团体纷纷伸出援助之手，帮助不少贫困患者做了康复手术，小雪就是其中的一位幸运者。

当小雪把自己画的那幅蜡笔画放到我的手上时，我分明看到那黑亮的瞳仁里，透射出花朵一样的光亮。她的奶奶还高兴地告诉我，因为小雪眼睛复明，她那因贫穷离家出走的妈妈也回来了，她又拥有了一个完整的家。

“真好！”我感叹着，也告诉了她一个好消息：由于我的那些系列报道，引起了很好的社会反响，报社提前与我签约，并把我聘为首席记者。刚走出校门三个月，我便在报界赢得了不少赞赏。我真的应该感谢小雪，感谢她的奶奶。

不久，我恋爱了，女友便是那家眼科医院的护士。她说，看到我像关心自己的亲人那样，不辞辛苦地关心那些素昧平生的患者，她就坚信我是一个可以托付终身的男人。

回老家过完春节，我携女友回到租住的小屋，惊讶地发现，门口被扫得干干净净，门上贴了崭新的对联，门边上那些讨厌的小广告也全被揭掉了。

“肯定都是小雪的奶奶做的。”我立刻猜到了，女友也赞同地点头。

那天，我在阳台上看书，看见小雪的奶奶拎着收废品的口袋走进小区，我过去轻轻打开单元门，把一摞旧报纸放到门外。自从那天相识以后，我的旧报纸就只送给她，从不外卖。偶尔，她也会给我捎一点儿山核桃、红小豆之类的东西，我不在家时，她就让邻居转交，邻居羡慕地说我结识了一个好亲戚，可以吃到纯绿色食品。我不置可否，心里却充满了暖意。我偶尔也送给小雪奶奶一些旧衣物，每次她都说自己占便宜了，我就笑着说，根本没有，何况我们还亲如一家人呢。

我被派往外地采访的那一个月，适逢女友也去北京进修。等我再回到家后，很长一段时间没有见到小雪的奶奶。一打听，我才知道——原来，那天有两个小偷撬开我的房门，正准备大肆偷掠一番，不巧被小雪的奶奶撞上了，她拼了老命上前阻止，被打破脑袋，扭伤了胳膊，住了两个月的院。我的家，却毫发未损。

我拎着东西去感谢小雪的奶奶，她竟有些不好意思地说：“你帮了我们那么多，我做这一点儿小事，不是很应该的吗？一想起你跟别人说我们是亲戚，我这心里就可温暖了。”

“是的,我们是亲戚,是温暖的一家人。”认识她以后,我的心情好了,做事也更顺利了。

当初那不经意送出的一摞旧报纸,竟会遇到后面那么多的美好。如同春天里的一把花籽,换来的是满园的芬芳。

点评

生活中有些事情就是如此神奇:也许只是你不经意的一个善举,便会引发一连串美丽的情节,就像一缕春风,便会吹开满枝头的花朵。缘着爱,那些日益生长的美好,自然,真纯,那么人间烟火,又那么诗情画意。

四分钱的午餐

交完各种费用，他兜里只剩下 83 块钱了。这些钱便是他跨入大学第一个月的生活费，为了凑足学费，父母几乎已将全村借了个遍。

临来时父亲告诉他，要等下个月开了工资才能寄钱来。其实父亲只是个小学老师，一个月工资也就四百来块钱，弟弟和妹妹都在上学，一大家子人都在指望那点儿钱生活呢。无论如何，他是没法开口向家里要钱的。

看来只能精打细算地节俭着花了。好在来的时候，他带了两大罐子咸菜，只需买四两米饭或两个馒头，再喝点儿白开水就行了。

可他不愿在人多的时候走进食堂，不愿看到同学们比赛似的打来各种香喷喷的炒菜，围在一起津津有味地边吃边聊。

他常常故意拖延着，等同学们都用完餐了，才拿上饭盒去食堂，买上两个馒头或四两米饭，躲到一个角落迅速地消灭掉，他不想让同学看到自己那副穷酸样。

有时，为了掩饰自己的手头拮据，他还故意轻描淡写地在宿舍里跟大家说一声“今天的烧茄子真不好吃！”或者“嗨，又去晚了，熘肉片没吃着。”其实进入大学两周多了，他只买过三次炒菜，都是最便宜的只有五毛钱的炒土豆丝。

那天，他照例很晚才去食堂，买了两个馒头去墙角那个座位上。刚坐下来，班主任刘老师一手用筷子插着两个馒头，一手拎着咸菜罐子，微笑着朝他这里走来。

“来，咱们互相交流一下。”刘老师说着，把自己的咸菜罐子推到他面前，又夹起他带来的咸萝卜。

他惊讶地问：“刘老师，您也吃这个？”

“怎么？你以为我该吃什么？”刘老师友善地望着他。

“我是说，只有我这样的贫困生，才不会买炒菜……”他窘迫地垂下头来，心里有种酸溜溜的感觉。

“问题不在于我们吃什么,而在于我们吃的时候,该拥有什么样的心境。”刘老师说着,就着咸菜咬了一大口馒头,一副味道好极了的模样。

接下来,刘老师给他讲了她花四分钱吃午餐的经历。

“那会儿,家里实在是困难极了,要不是我死磨硬缠着,家里说什么也不会让我去读高中的。我的学费还是东挪西借好容易凑来的,记得临行前父亲跟我说,咱不能跟人家比吃的,咱唯一能比的就是学习成绩。我告诉父亲,我明白,贫穷不是错。于是,我的伙食标准降到了令人难以置信的地步。头一学期,我几乎连五分钱的菜汤都舍不得买,经常是买二两高粱米干饭,就着从家里带来的咸菜,对付一口算了。可我从来没自卑过,我总是笑呵呵地跟同学说,要想学习好,吃饭就得简单化。当然也有离开饭的时间还早而我已饥肠响如鼓的时候,这时,我就跑出教室找个水龙头,灌上一肚子凉水应付一下。那会儿,我最盼望的是学校做高粱米干饭,因为它特别便宜,四分钱就可以买二两。那位卖饭的师傅看到我瘦高的个子,总要说一句多吃点儿,顺手多给我打上一些,至今我还记得那会儿的高粱米饭是真香啊……”

刘老师无限怀恋地讲着往事,语气中没有丝毫的羞涩,反倒有一种特别的自豪。原来他只知道那年刘老师是以全校第一名的成绩考入大学的,却不知她曾吃过几十顿四分钱的午餐,并且将此作为一种磨砺、一种精神财富,永久地保存着……

听了刘老师的故事,他心里热乎乎的。想想入学以来,他为自己的贫困承受的所有的难为情,是多么没有必要啊。别人能够坦然面对富裕,自己为何不能坦然面对贫困呢?

从此,他不再为自己囊中羞涩而自卑,反而多了一份自如。他开始微笑着拒绝同学们的各种生日聚会、野外郊游等邀请,很响亮地告诉他们自己兜里没钱,也不愿接受他们救济性的帮助。

从此,他把更多的时间投入学习当中,把各门功课都学得扎扎实实。当然也抽空去做家教,去打工,但他始终记着——兜里缺点儿钱,并没什么了不起的,重要的是,无论如何,不能低下头来……

点评

那是我高中时的一段真实经历，四分钱的午餐，不仅给了我进取的力量，更让我懂得了——无论什么时候，都不要低下自卑的头颅。后来，我读到作家莫言的许多有关吃的散文，才恍然发觉：那段苦涩的记忆，正是青春无悔的见证。

只要一点点就足够

其实,生命中有许多东西,我们只需要一点点就足够了。

我有一位朋友,在商海中打拼了不到 20 年,赚了一些钱,就在众人一片惊讶声中,将生意正隆的公司转给了他人。他背起简单的行囊,跟着一群旅游发烧友,开始了“沙发客”般的四处漫游。

我不无惋惜地问他:“曾经吃了那么多的苦,好容易才迎来柳暗花明,正是抓住机遇多赚钱的时候,怎么突然说放弃就放弃了?”

他淡然道:“赚钱永无止境。钱,不用多,有一点点就够了。”

“多一些不更好吗?”我想说现在许多人都在比赛着买大房子、换好车、追名牌……谁不想多多益善、好上加好呢。

朋友笑了,说:“我这样不也是好上加好吗?该赚钱的时候赚钱,该看风景的时候看风景,什么都只要一点点,不贪婪,不奢望,知足常乐。”

看到朋友那副怡然自得的神态,我立刻想到了乡下的祖父。

老人家一辈子没有离开过三江平原上那个小村庄。可是,他却一直活得非常舒心。

记得那个阳光明媚的午后,他坐在那棵老榆树下,摆弄着一个老旧的收音机,跟着里面的唱段,摇头晃脑地哼唱着。

一只蝴蝶在不远处的花坛里翩翩起舞,两只小鸡在旁边走来走去,大黄狗安详地趴在他的脚下,一副深深陶醉的模样。

没什么需要特别牵挂的,也没什么需要忧虑的,能够如此惬意地享受静谧的时光,该是多么幸福啊。

祖父曾跟我说过:“人活着,不能太贪,食可饱腹,衣可御寒,屋不漏雨,就好。什么东西都无须太多,有一点点就够了。若是一味地贪求更多、更好、更美……何时才有尽头呢?”

祖父的话特别朴实,却道出了十分深刻的人生哲学:真正聪明的人,懂得唯有追逐的少,才能拥有的多。

祖父健康、安乐地活到了 98 岁,最后无疾而终。他的生活空间看似很小,他的心灵却走出了很远很远。他在一次次的花开花落、云卷云舒中,目光变得越来越慈祥,他在一次次春来暑往的更替中,听到了时光清脆的声音,甚至从一只悠然的小蚂蚁身上,都看到了知足的生命,是多么的美丽……

一次,我去采访一位癌症晚期患者,在她身体偶感不适的时候,医生朋友就建议她去医院体检一下,她总是借口太忙了,一拖再拖。结果,终于倒在病床上时,才发现癌细胞已经扩散开来,医生也束手无策了。

她说,自己原来一直是一个完美主义者,总想把每一件事情都做得完美,凡事总想做得比别人更出色一些。直到躺在病床上,等待死神降临的日子里,她才恍然明白:有限的生命中,一个人真的不应该穷尽所有的智慧和力量,去过多地占有那些身外之物,而应当学会享受,享受握在手里的那可贵的一点点,从那一点点里找寻到属于自己的真正的幸福,就像她在疼痛过后,静静地读两页《帕斯卡尔随想录》。

没错,一粒种子,只需要一点点的泥土和水分,就可以发芽、开花、结果;一条小溪,只要一个奔腾的心愿,就可以无忧无虑地流淌,随遇而安。

我们每个渴望生活幸福的人,其实并不需要占有很多的东西,有时只需一次小小的成功、一个甜美的笑容、一句温暖的问候,甚至只是一个亲切的眼神,一点点的真,一点点的善,一点点的美,就会给我们的心灵带来一生难忘的抚慰。

细细地享受那一点点的好,默默地品味那一点点的美,我们就会惊讶地发现:幸福竟如此简单,根本无须劳心劳力地苦苦追逐和打拼。只需让自己的索求,少一点,再少一点。

"欲望小一点,少一点,心胸就开阔一点,幸福就会多一点。"一位佛家大师如是平静地道出快乐的真谛。人生在世,两只手无论如何努力,能够握住的,也是十分有限的。为何不时时地摊开手,让细碎的阳光在上面跳跃,让和煦的春风在上面拂过,丝丝缕缕,富足心灵的,常常是岁月中那些免费的东西,譬如阳光和空气,并且只需那么一点点,就足够了。

点评

一位癌症患者发自肺腑的慨叹,狠狠地撞疼了我的心:人生在世,自己所需要的东西,真的不是越多越好,而是尽可能地少一点。很简单:欲望减少了,心灵反而会变得富足起来。有时,只需要一点点的好、一点点的美,就能感受到许多的幸福。

有些时光是用来发呆的

那是一个寻常的周末，独自吃完早饭，我没有像往常那样马上起身去洗刷餐具，而是走到阳台上，看向窗外，小区空地上昨夜落了一层薄薄的清雪，两只麻雀正在觅食，那株静默的糖槭树越发苍老了，依在它身边的那两台旧自行车，好像一年多没人碰过了。

我站在那里，出神地望着并不晴朗的天空，似乎要从那带状的云彩里，望出一些奥秘来。

我没有打开手机，也没有打开电视，信箱里的晨报也歇息去了。那一刻，我仿佛游离到了世界之外，又仿佛站在了世界中心，周遭没有什么是我最要关心的，也没有什么是不与我毫无相关的。就那样自然地，我沉浸到了一片冬日的宁静中，有一点儿像入禅境的信徒，但更像一本被风随意翻开的书，只被静静流淌的时光阅读着。我望着窗外发呆，像一个深邃的哲人，更像一个天真的傻瓜，我的思绪似乎很清晰，又很杂乱，不知在向哪里漂移。

平日里太过于忙碌了，满脑子里充斥着各类信息，满心里都是各种奔突的欲望，双脚在不停地移动，双手也在不停地挥舞，总有追逐不尽和需要攥紧的东西。而在我发呆的那一刻，我十分难得地什么都不用做了，只是旁若无人地呆立在那里。

记得一位哲人曾说过——有些生命是用来挥霍的。而我要说，有一些好时光，一定要用来发呆。因为在发呆的那一瞬间，触手可及的静谧、舒适、自由，一下子就攫住了我，让我陡然有了一种抵达生命本真的愉悦。

有一年秋天，我一个人踏上了旅途，只为欣赏自己喜欢的风景。无意间，我转入十万大山里的一个游人罕至的无名古刹，望着石阶的缝隙间葳蕤青草，我猛然想到了红尘中的那些避之不及的嘈杂与喧嚷。

走近古刹，我请教一位正眯着眼睛晒太阳的高僧：如何守住心灵的宁静？

高僧低头注视着身旁那些无名的小花和小草，淡淡地回了一句：学会发呆。

一语惊心：原来，人世间看似高深的“放下”和“执着”，要真正地领悟和做到，其实并不太难，只需首先懂得与之联系最密切的两个字——发呆。

片刻的发呆，犹如一曲终了后那一段小小的沉寂，留给心灵的是默默的回味。不能言说，也无须言说，只在时间嘀嘀嗒嗒的行走中，感觉自己的生命，在徐徐地行进着，带着善美，连同着空气一样的真。

某日，一位友人在我的博客里留言：有时候，不由自主地来到你这里，不为读到什么，只是喜欢默默地发呆一会儿。

我如遇知音，这样欣然地回复：有些美好的时光，就是用来发呆的。

我知道，生命的旅程中，真正能够自然而优雅发呆的时刻，其实并不是很多。因为那需要一颗敏感的心，要有童话般的清纯，要有诗歌般的飘逸，还要有不可或缺的人间烟火的气息。

点评

发呆，往往意味着一种沉浸，恍若进入禅境。对着美景发呆，是因为陶醉；莫名其妙地发呆，那是心灵需要小憩。偶尔发呆，会身心俱轻，天地澄明，仿佛光阴也跟着变得轻飘飘了。能够慢慢品味发呆的时光，也是很幸福的。

一个人去墓地

一位行走了大半个世界的女作家，谈及旅途中的风景时，表达了自己对墓地的特殊感情：她喜欢一个人，不怕走遥远的路程，专门去造访那些有名或无名的墓地。有时，她干脆就露宿在墓地。

她说，一个人到了墓地，心突然轻了下来，世间许多喧闹刹那间便被彻底地屏蔽了，仿佛自己也立刻变成了一株植物，很自然地要坐下来，像墓地周围的那些树、花、草、石碑一样，满心里都装着肃穆的守候，丝毫不会想到何时离开。

记得那是一个大雪纷飞的黄昏，她来到莫斯科郊外森林里的一个墓地。那里安葬着二战期间牺牲的许多无名烈士，一座座的无字碑，静谧地立着。她走过去，轻轻拂过冰凉的石碑，她的手却分明有一种温暖的真实感觉。她知道，那份传递到全身的热度，肯定与墓中那一个个已然离去的鲜活生命有关。

坐到石碑附近一棵不知何时倒下的大树上，她默默地望着那片空寂的墓地，红色的围巾上落了一层白白的雪花。暮色越来越深了，风雪静静地飘撒在落光了叶子的树木上，那些来自遥远地方的洁白的雪花，仿佛不是为着覆盖，而是为着某种揭示。在战火已熄灭许久的某个日子里，她仍能听到几十年前子弹呼啸的声音，仍能清晰地看到那些骤然扑倒的身躯，能想象那些突然夭折的梦想、恋人依偎的身影、孩童天真的笑声、老人安详的眼神……如今，他们一同选择了沉默，她也只能选择沉默，与其对视，与其心灵相握。

在沉默中，她深切地体会到：能够这样静静地倾听，该有多么美好。尤其是一个人，忘却了平日里的功名利禄，是非纷扰，浑然忘我地坐下来，倾听一下自己心跳的声音，倾听时光那样明白地行走的声音，真是体验生命存在和显示意义的一种很好的方式。

一位生活中屡经挫折的商界巨子，在被记者问及为何总能够战胜那些磨难、百折不回时，他坦然道："其实，我是一个十分脆弱的人，特别喜欢流眼泪。只是，别人大多只看到我光鲜的一面，只看到我坚强的一面，很少看得到我特沮丧、特无力的那一面，只有墓地最清楚，我的弱点是多么鲜明。”

“怎么会呢？”记者显然难以想象他的软弱。

“真的，在父母突然辞世的时候，在第一次打工就被骗得身无分文的时候，在成功在即却突生变故、自己欲哭无泪的时候，在最亲密的朋友背后横插一刀、让自己巨大的投资血本无归的时候，那么多的委屈、愤怒、困惑、失望、伤心……都憋在心里，快要爆炸了，却找不到可以倾诉的对象。直到有一天，我来到故乡的山坡，在父母的坟头坐下来，先是号啕大哭，接着是不停地抽泣，一任涕泪横流。然后，就絮絮地把心里的话，全都倒了出来。奇怪的是，经过这样一番折腾后，我竟然身心都轻松下来，希望又点燃了，热情又找回来了。于是，每当遇到心情不好的事情，我总爱到墓地坐一会儿。有时，心情特别好的时候，我也去墓地，畅快地跟天堂里的亲人们聊一会儿……”

原来是这样——独自去墓地，可以撕下平日里那些伪装，毫无顾忌地跟最亲近的人说说心里话，让自己的痛苦和悲伤，找到一个流淌的通道。

记得一位西方的哲人曾说过：“我们在墓地看到的不是死亡，而是新生。”的确，那些过往的生命，其实并没有走远，他们就在那里注视着我们，只要我们愿意，随时可以找到他们。即使他们一言不发，也能够向我们传递许多关于生活、人生、生命的深刻思考。关键的一点是，我们应该懂得倾诉与倾听，懂得一个人默默地感受和思索，那样，墓地真的会带给我们许多意想不到的收获。

点评

那位喜欢去墓地走走的作家告诉我：生与死的距离，其实有时是无法辨析的。有的人已经死了，却还鲜亮地活着，而有的人虽然活着，却感受不到生机。一个人去墓地，可以去倾诉，也可以去倾听。关于生命的感悟，墓地会给我们许多醍醐灌顶的启示。

亲看花开花落

68 岁的母亲刚刚搬到城里不到半年，竟得了严重的老年痴呆症。他一时无法接受这突如其来的变故，因为他心目中的母亲一向是坚韧的，那么多磨难都没有击倒过她。然而，他现在必须要面对这样的事实——老年痴呆症正将母亲一点点地拉入越来越痛苦的死亡之旅，母亲在逐渐失忆几个月后，竟连她最疼爱的儿子也不认识了。

母亲的这一生实在是太辛苦了，在黄土高原上那个贫瘠的小山村，母亲 35 岁失去丈夫，一个人守着几亩薄地，苦苦地拉扯着三个孩子，不但让他们健康地长大，还把他们都送进了大学，漏雨的寒舍竟成了山村远近闻名的“大学生之家”，还让三个孩子在外面的广阔世界里各自打拼出一片令人羡慕的天地。一个儿子和一个女儿都在国外知名企业里做金领，最小的他如今也已是一家大公司的总裁，身家早已过千万。

自从母亲住进城里，他就开始减少工作上的应酬，努力地多挤出一些时间陪母亲。母亲生病后，他连工作时间都大大地压缩了，除了特别重要的事情到公司去处理一下，他把大量的时间留给了母亲，他想陪着母亲走完生命最后这一段让人心疼的路。

他想尽一切办法，期望唤醒母亲的记忆，然而，可恶的病魔似乎有意为难他，母亲已经什么都不记得了，任他怎样竭尽全力。给她洗脚时，看到她那木然的样子，他心酸得直想大哭一场。

唯一让他感到有些欣慰的是，母亲对他摆放到阳台上的那一盆盆鲜花，似乎有着一种特别的喜爱。每天都会为它们浇水、松土、修剪……然后，就呆呆地坐在那里，静静地看着那些花，眼睛里闪着慈祥的光亮。

每每此时，他也会安静地坐在母亲身旁，一会儿看看母亲，一会儿看看那些姹紫嫣红的花朵，细细的阳光透过窗玻璃，柔柔地拂着面颊，时光流动的声音仿佛清晰地响在耳畔,他的思绪便不禁肆意地漫射开来。

他记忆里的母亲是特别喜欢花的,无论是爬满栅栏的牵牛花,还是后院的刺梅,连那金黄的蒲公英和紫色的打碗花,她都喜欢得不得了。她曾说,懂得了花的生命,就能品出生活的滋味。那时他正是被梦想激励的翩翩少年,无暇也不愿去慢慢地赏花,自然无法读出藏在花里的奥妙意蕴。

时间久了,那些鲜亮的花朵,仿佛都懂得了母亲和他绵密的心思,在他们母子深情满怀的注视中,有的开得淡然,有的开得热烈,有的开得急促,有的开得从容,有的开得短暂,有的开得持久,有的开得繁盛,有的开得朴拙……每一种花似乎都在展示着一种生命的样式,都在讲述着一段生命的故事。

与花朝夕相守,渐渐地,他挥走了弥漫心头的伤感。他知道:痴呆的母亲依然是幸福的,虽然很多很多的人间往事,她都已经无法记起,但她慈爱的眼里有花,静谧的心里有花,她仍有如花一样丰富的情感,只是她无法与人交流而已。

在陪伴母亲看花开花落的日子里,他疏于公司的管理,丧失了几次重要的商机,少赚了数百万元。但他丝毫不后悔,他跟最好的朋友说:"其实,不是我在陪母亲,而是母亲在陪我。伟大的母亲在她最后的生命历程里,仍然在默默地教我理解生命的要义。"

一瓣瓣的花开,一瓣瓣的花落,谁听懂了岁月深情的叮咛,谁又馈赠了岁月珍贵的礼物,在那些平凡琐屑的日子里,在那些绚丽张扬的日子里。面对那一对心意绵绵的母子,我们除了奉上一份由衷的敬佩,还应该轻叩心扉追问一句:我们是否仍有一份从容看花的心情,是否仍有一份读懂花语的认真和执着?

点评

许多人感慨,能够陪伴在父母身边的日子,真是屈指可数。我们总以为来日方长,等忙碌完了再去陪伴父母,殊不知,等来等去,我们等到的往往是遗憾和懊悔。所以,不要找任何借口,有机会就多陪陪父母,那是对父母最好的回报。

第三辑　纵然生活以痛吻我，我也会回报以歌

水到绝境,可以变成美丽的飞瀑。纵然苦难降临,也不要轻易地放弃希望,更不要无端地绝望,只要你自己不倒下,就没有什么可以打败你。冲破眼前的迷雾,跨过那些坎坷,让磨难砥砺意志,相信心的力量,加上手的力量,会诞生无数的生命奇迹。

沉浸在一片静美里

夏日的午后，走过街角那个修鞋的小摊，我没有看到一个顾客，只看见那位年近七旬的老人，正倚靠在一把竹椅上，微眯着眼睛，轻轻摇晃着头，伴着半导体收音机里面播放的京剧，很惬意地哼唱着，一板一板地，仿佛一个超级的京剧票友。

一曲唱罢，老人拿起那个装了茶水的大罐头瓶子，美美地喝了一大口茶，舒坦地长舒了一口气，又调了一个波段，津津有味地听起了现代评书，一会儿的工夫，便让自己陶醉于那评书中的世界，全然没有在意全天还没有一个顾客光临他的修鞋摊。

悠然的老人，真让人羡慕。走出很远了，我仍情不自禁地回转头来，朝老人那边望去。我知道，他退休后便摆了这个鞋摊，生意不好不坏。他就住在对面的小区里，有一个智障的儿子，40 多岁了，还要靠他赚钱养活。可是，我从没见过他愁眉不展，倒是常见他乐呵呵地，有顾客光临如此，一个人也如此。

回到一楼的家中，我站到窗前，看到住在顶楼的小黄老师，穿着一件干净的短袖衬衫，正在小区的院子里，满脸慈爱地看着 5 岁的女儿，将他准备装修房子用的那堆沙子，用一个红色塑料小桶，一桶一桶地运到花坛边，饶有兴致地堆沙堡。女儿的脸红扑扑的，有亮晶晶的汗珠滚落，她胖乎乎的小手上去一抹，细细的沙子，便金粉一样粘在了脸上。他看见了，笑得更灿烂了，似乎想起了自己的童年，也凑到女儿跟前，与女儿一道玩起了沙子，就像当年与小朋友们在一起玩泥巴那样，脸上也粘上了沙子，父女俩相视而笑。

沙堡堆好了，女儿只欣赏了一小会儿，便推倒了，又在小黄老师的指导下，开始信心十足地堆房子。

望着阳光里的小黄老师和女儿那副旁若无人的投入，我的心里暖暖的，还有一缕缕的疼痛。我知道，小黄老师得了肝癌，医生说他的生命最多还能维持半年。可是，我从没见他悲伤过，更没听他抱怨过。他跟我说过，他只想让自己沉浸在幸福中，多留一些美好的记忆给妻子和女儿。

修鞋的老人和小黄老师，是我身边熟悉的两个人，也是令我十分敬佩的两个人。他们或是被生活的困顿缠绕，或是被宣告生命将提前谢幕，但他们没有愁容，没有抱怨，他们仍微笑着沉浸在一个唱段和一节评书里，微笑着沉浸在一堆细沙和一朵小花里，那该是怎样的一种气度啊？唯有懂得从沧桑岁月中读出诗意的生命，才能如此满怀爱意地，以如花的笑靥，坦然地迎接人生的不幸。

请忧伤和哀愁走远，沉浸在一片静美里，我听到了花开的声音，看到了美好在绽开，一束一束的。

点评

人生不如意的事常有，看一个人的品性和气度，不是在其身处顺境中，而是在其置身逆境时。那些从容、淡定地拂落不幸，洒脱地迎接苦难，兀自开着生命善美的花，每一天，都芬芳着，那该是多么令人感叹、动容的人生啊。

不能花开,就请叶绿

那年秋天,我随一支大学生志愿者服务小分队去西部的一个山村支教。

长途客车在沙尘飞扬的大戈壁上颠簸着,透过车窗,我忽然看见远处旷野上有两个年轻的男子,正站在一块巨石上面,仰望蓝天白云,双臂挥舞着,似乎在呼喊着什么。家住附近的一位同学告诉我,他们原先是县剧团的演员,演技还不错,有不少人喜欢。后来剧团解散了,他们就出去打零工,闲暇的时候,他们随便站在哪里,都会嗓子一亮,高歌几曲。他们说,不能登台演出了,就大声地唱给自己听吧。

他们真是快意人生,颇有些侠士风度。我忽然想起了一位著名登山家说过的话——真正的登山者,并不是特别在意成功登顶的那一刻,更在意的是一路登攀的愉悦。想想,的确有道理,无法登顶的时候,慢慢地欣赏一下沿途的风景,不也是很好的选择吗?

我新认识的邻居,是一个叫人见了便要心生怜爱的小女孩,她因患有先天性的肌无力,在12岁那年,突然失去了行走的能力。而此前,她酷爱跳舞,舞蹈老师夸赞她有跳舞的天赋。10岁那年,她还曾登上过市电视台主办的春节联欢晚会舞台呢。在她的家里,我见到了墙上那幅漂亮的剧照,身着舞衣的她,真像一个美丽的天使。

如今,她被疾病困在了床上,要想到外面去,就得让父母把她抱到自制的那台沉重无比的简易轮椅上。父母身体也不大好,很懂事的她,便将自己的活动范围基本上限定在床上和院子里。更多的时候,她是趴在窗台上,望外面的世界,偶尔在父母的帮助下到院子里转转。

她喜欢笑,一脸天真无邪的笑。

她告诉我,她今生再也不能跳舞了,就编一些与跳舞有关的故事,写下来,讲给自己听,有时候也讲给大人们听,还想投稿,争取让更多的读者看到她写的故事。

我为她的阳光心态鼓掌,问她:“不能跳舞,是不是感觉很遗憾?”

她莞尔一笑:“刚开始,痛苦得都不想活了。现在,我已经完全想开了,不能花开,就请叶绿。”

“不能花开,就请叶绿。”刹那间,我的心灵被一种东西深深地震撼了。

她把自己写的故事拿给我看,简单的情节,简单的语言,里面透着不事雕琢的童真情趣。

当疾病、挫折、失败等不幸突然降临时,不必惊慌,也不必抱怨,而是要微笑着迎上去,让人生转个弯,转向另一方天地,去欣赏另一片明媚。

点评

“不能花开,就请叶绿”,一句朴素的励志语,云卷云舒的淡定、宠辱不惊的从容、苦难无阻的豪迈与命运在握的洒脱,都凝入这一句掷地有声的告白,让不幸远走,让沮丧凋零,守着心灵的那一片葱茏,此生无悔无怨。

请珍惜点点滴滴的幸福

春节前夕,我陪同民政部门的几位同志走街串巷去送温暖。面对那些不幸的故事和故事中的人物,我惊讶地发现——原来,生活中还有那么多的人正远离幸福,需要我们去同情、安慰、帮助……

那天,我向一位摄影师朋友慨叹这段日子里所看到的那些遭遇坎坷、身陷窘境的人们,朋友立刻不同意我的简单判断:"不要以为那些遭遇不幸的人们就没有幸福,他们也有着自己的幸福。"

"他们也有幸福?"内心鼓荡的质疑,让我开始罗列自己耳闻目睹的那些被困难缠绕得挺不直的身影、愁苦的面庞、卑怯的眼神、压低的声音……

"你看到的那些仅仅是一些表层现象,其实,他们每个人都有一些细碎的幸福,就散落在那些明显的不幸中间,那是需要你细心才会发现的。"朋友平静地告诉我,随手递给我一沓照片。

照片拍摄的时间跨度已有十几年,照片撷取了一位女子充满人间烟火味的一些幸福瞬间:她穿着大红色羽绒服,吃着一串冰糖葫芦,旁若无人地走在瑞雪纷飞的大街上;贴着春联的土屋前,她正两手沾满白白的肥皂泡沫揉搓着一大盆脏衣服,一脸的笑容,叫人很容易联想到那些被快乐包围的电影镜头;夏日的柳荫里,她慵懒地躺在一张破旧的木椅上,微眯着眼睛,斑驳的阳光撒在她的碎花裙上;秋色正浓的时节,她挥着一把扫帚,正将那些金黄的落叶聚拢在一起,诗意得像一幅经典油画……

朋友给我讲了照片上女子令人唏嘘不已的人生经历:她 5 岁时母亲病故,17 岁时父亲疯了,19 岁那年被拐卖到大西北一个僻远的山村,被逼着嫁给了一个 40 多岁的男人,好容易逃出来时,她已是一个 3 岁儿子的母亲;她的第二次婚姻,只维持了短短的 8 个月,老实巴交的丈夫在夜间回家的路上遭遇了车祸,肇事者至今没有找到。她的第三次婚姻也破碎了,那个男人帮助老板打架,失手把人家打成了植物人，自己也被判了重刑。如今，她生活在这座繁华的城市里，做钟点工、清洁工、缝纫工、护理工……干着各种脏、累、差的活儿，挣着可怜的一点儿钱，勉强地维持着温饱的日子。

“她真是一个不幸的人哪！可是，从这些照片里面根本看不出来呀！”我无法想象经历那样凄苦近乎悲惨的她，怎么还会留下那么多幸福闪闪的镜头，那些画面真实、自然，没有丝毫的做作。

“因为我们过多地看到了她的不幸，看到了她那些明显的悲剧情节，却忘了在那些不幸的中间，还存在着许许多多琐碎的细节，它们与憧憬、期盼、满足、惊喜、坦然、平和等密切相关，自然是温馨的、幸福的，它们碎片一样散落在她艰辛的日子里，给她坚持下去的希望和力量，就像寒冬里的一副手套，就像雨天里的一把油纸伞……”朋友娓娓地道出我们的眼睛很容易忽略的那些足以触痛心灵的细微所在。

窗外是纷纷扬扬的落雪，轻轻摩挲着那一张张视角独特的、传递着幸福要义的照片，我的心久久难以平静——是的，我们不要轻易地断言自己或者他人是不幸的，很多零碎的、琐屑的幸福，其实就散落在我们每个人平常的日子里，是它们一点点地删减我们的失望、痛苦和磨难，潜移默化地向我们输送着奔赴美好的信念、勇气和力量。

透过那些细碎的点点滴滴的幸福，我们才能看懂一个人，才会明白人生的许多重要命题，比如热爱，比如追求，比如奋斗……

点评

生命中那些细微而确实的幸福，如此自然而美好。只是，我们常常忽略了自己所拥有的那些细小的幸福，其实，我们只要细致观察，就会看到簇拥在自己周围的那些细碎的幸福，真的值得好好珍惜。

别样的汉堡包

5月的黄昏，在渭水岸边的一个村头，我遇见那两个孩子：大的是哥哥，七八岁的样子，小的是妹妹，大概也就三四岁。两个孩子正蹲在墙角津津有味地揉搓着黄色的泥团，聚精会神地制作自己喜欢的作品，汗渍和灰尘将红扑扑的小脸蛋弄得有些滑稽又可爱，黑亮的眼珠里转动着叫人不禁要驻足的认真。

我站在一旁，打量起他们的泥捏作品：男孩的小车，女孩的项链，有模有样的，做得还不是十分的粗糙，我不由得举起了相机，将两个无名的小艺人和他们的作品一起收入镜头。

男孩见我欣赏他的手艺，有些得意地告诉我："妹妹的项链也是我帮着做的，她揉的珠子不圆。"

"串项链的麻绳是我找的，我还帮你和泥了呢。"女孩丝毫不肯让自己的功劳被埋没。

"你俩手都挺巧的，也都挺能干的。"对两人的认真，我送上了由衷的夸奖。

"叔叔，你吃过汉堡包吗？"小男孩突然抛给我一个问题。

"当然吃过了，你问这个干什么？"我有些好奇。

"我只听说过汉堡包很好吃，可是没见过，你告诉我汉堡包是什么样子的，我想给妹妹做一个漂亮的汉堡包。"男孩凑到我的跟前说。

"你想用它做汉堡包？"我指了指他们手里揉搓松软的泥团。

男孩点头："明天是妹妹的生日，我想送她一个汉堡包。"

哦，原来是这样。刹那间，我的心被柔柔地弹了一下，我赶紧拢住纷扬的思绪，连讲带比画地向两个求教的孩子描摹汉堡包的形象。两个孩子很聪明，很快便在脑海里勾勒出汉堡包的样子，加上我在旁边的细心指点，不大一会儿，男孩便用泥巴、树叶、玉米秸制作出一个挺像那么一回事儿的汉堡包。女孩捧着它，仿佛捧着一个正芳香四溢的汉堡包，两人一起咧嘴甜甜地笑了，满脸无遮拦的幸福，让我心里暖暖地生疼，我悄悄地背过身去拭去眼里滚动的晶莹。

“我还可以做一个能吃的汉堡包。”男孩灵感突发，飞快地跑回家中，拿来两个馒头、一些小葱和菜叶。我也赶紧从旅行袋里掏出一根火腿肠和一袋果酱，还用水果刀帮他们把“馒头汉堡包”做得更形象一些。

“汉堡包真好吃啊！”女孩大口地吃着，男孩嘴里也不停地赞赏着。

“是的，你们自己做的汉堡包，比城市里卖的那些还要好吃。”从生活在闭塞、清贫中的两个孩子身上，我恍然读懂了那个美好的词——向往。

我相信他们一定会吃上真正的汉堡包，就像相信苦难终会远去，富足终会在追求和打拼的手上诞生。

点评

很偶然地遇见了黄河岸边的小男孩，他的那个别致的汉堡包，给了我一分心疼，也给了我一分心暖。生活中有些苦难并不可怕，可怕的是因为苦难而枯萎了心头的希望，只要希望始终昂扬着，生活就不会总是一片灰色。

且歌且舞，在漏雨的屋檐下

那场惨烈的大地震刚刚过去不久，许多地方还是瓦砾遍地，满目狼藉。在海地首都太子港郊外，那间极为简易的木板房，低矮，狭窄，破旧。正值雨季，外面的雨仍绵绵地下着，木板房棚顶的油毡纸早就被风刮烂了，渗进来的雨水滴滴答答地落着，屋内摆了许多瓦罐、石坛和木盆，已很难找到一块干爽的地方。

戴一顶破旧的斗笠，母亲领着四个孩子在往屋外淘水，父亲裸着脊背，在饶有兴致地制作一把木琴。忽然，他停下手里的工作，将手指竖到嘴边，像突然发现新大陆似的，示意妻子和孩子们安静下来，与他一道倾听雨滴敲打那些坛坛罐罐的声音。

一家人望着断珠一样的雨滴，叮叮当当地敲打着地上那些器皿，居然听出了某些旋律，像好几种乐器的合奏。惊喜先是从母亲的脸上浮现，随即四个孩子也都面露欢喜，父亲更是兴奋得手舞足蹈。

于是，原本枯燥乏味的雨滴声，陡然变成了美妙无比的音乐。一家人围着那些坛坛罐罐欢快地载歌载舞，小女儿不小心踢翻了一个瓦罐，逗得全家人一阵哈哈大笑；小儿子则故意往肚皮上撩了一些雨水，拍得更响亮了。

父亲唱得兴起，拿过一只木盆当手鼓，摇头晃脑地敲打起来。母亲则蹲在地上，用一根木棍轻轻地敲击着瓦罐，配合着父亲一高一低地合奏。四个儿女都赤着脚，呱唧呱唧地踏着湿漉漉的木板，跳得快乐无比。

一位来自中国的志愿者偶然从木板房前经过，不禁惊讶地问那位干瘦的父亲："你们这是在苦中寻乐吧？"

"上天赐予我们雨水，赐予我们音乐和热情，我们只有快乐，哪里有苦哇？"父亲擦着额头上分不清的雨水和汗水。

"我是说你们的生活那么苦，刚刚经历了一场灾难，各地运来的救援物资还十分有限。"志愿者很想说，他们准确的身份是灾民。

“灾难过去了，伤痛也该过去了，现在我们得感激上帝保佑，让我们一家人平平安安，还能尽情地唱歌、跳舞。”那位父亲显然对自己目前的生活相当满足。

“说得有道理！”那位年轻的志愿者闻言，颇有感悟，敬佩地举起了相机。这时，那位母亲连忙摆手阻拦志愿者的拍摄，几个孩子也躲进屋内的角落。

那位父亲冲着一脸困惑的记者解释道：“你先等一等，他们这是第一次照相，想换上新鲜的衣服，让你看见他们的美丽。”

“其实，刚才他们唱歌、跳舞的样子，就很美丽呀。”志愿者有些遗憾刚才错过了一些极好的镜头。

“我也感觉挺美的，可是，我们还是应该把新衣服穿出来，告诉世界，我们的日子还是很好的。”父亲古铜色的皮肤，被雨水冲刷得锃亮。

一会儿，母亲带着四个儿女走到木板房前。志愿者望着他们那一身打扮，不禁乐了——他们周身上下所穿的，显然都是分发到的来自世界各地的救援衣物，有夏衣，有秋衣，甚至还有棉衣，那么不协调地穿在身上，显得颇有些滑稽。那个小女儿，还故意走了一个模特步，惹得小儿子笑得眼泪都出来了。

这时，雨也停了。志愿者不停地按动快门，给他们拍了合影，又给每个人拍了好几张照片。

一家人像过节似的，嘻嘻哈哈地跑进屋里，换了破旧的衣服，他们开始往外倾倒坛坛罐罐里的雨水，每个人的脸上依旧是一览无余的兴奋。

后来，志愿者又在一个明月皎洁的夜晚，目睹到他们一家人端着木碗，围拢在一起，吃着最简单的饭菜，很惬意地说说笑笑。后来，他们干脆敲着木碗，在月光下翩翩起舞，仿佛一群沉浸在幸福中的无忧无虑的儿童。

这是我的一位朋友向我讲述的他的亲身见闻，他说：“在海地，他看到许许多多的穷人，他们缺衣少食，营养不良，住的地方也破烂不堪，他们也感受到了生活的艰辛和困顿，但从他们的脸上，却很少看到愁苦，更多的是他们灿烂的笑容。他们说，只要活着，就不能忘记歌唱和舞蹈，只要相信太阳明天还会升起，就没有什么是值得忧虑的。”

在翻阅朋友拍摄的那些照片时，我看到了一张张不加修饰的笑脸，自然而纯朴，一如那些随遇而安的野花，什么样的风雨都无法阻拦它们恣意地绽放。由此，我知道了，在那些随处可见的清苦里面，顽强生长的那些美丽，都源自于一颗颗感恩而富足的心灵。

点评

一个目光敏锐的摄影师，善于捕捉生活中稍纵即逝的细节。同样，一个好的写作者，也应该敏锐地捕捉拨动心弦的灵感。此文缘于阅读一本《读者》杂志上的摄影作品，瞬间而至的灵感，一下子便打开了泉涌的文思，让笔者感受到了写作的畅快。

有一种花叫不谢

那是炎炎的夏日，她却正经历着生命中奇寒的严冬。在那个偏远山区小学支教的她，尚未走出因突如其来的车祸夺走年轻丈夫的悲痛，一纸冰冷的诊断书，又让她欲哭无泪——肆虐的癌细胞正无情地吞噬着她美丽的左乳，她必须立刻接受身心俱痛的手术。

第一次并不彻底的手术过后，接着便是备受折磨的痛苦无边的化疗。短短的20多天，她便仿佛一下子苍老了10多岁，那一头乌黑的秀发已脱落得不成样子，最后只得干脆剪成秃秃的光头，虽用一顶漂亮的凉帽遮住了，却掩不住她心中难言的苦涩。

她也曾呆呆地伫立窗前，抚着平平的前胸，羡慕地望着阳光下来来往往的幸福的人流。潜滋暗长的绝望袭来时，她不禁闭上了眼睛，想象着怎样从医院的高楼上突然纵身跃下，让年轻的生命如一朵白云飘然散去。

同病房那个更加不幸的小女孩，让她平静地接纳了眼前的现实。那个女孩只有16岁，已接受过大小数十次手术和无数次的化疗、放疗，有着3年带癌生存的经历，但在她的脸上，却看不到丝毫苦痛悲伤的影子，女孩每天都是一脸的阳光，比许多健康人都生活得有滋有味——她摇头晃脑地唱歌，唱那些最新流行的爱情歌曲；她贪婪地读书，读梭罗的《瓦尔登湖》，读史铁生的《病隙随笔》，读毕淑敏的《红处方》……她床头换得最频的是书籍；她还喜欢绘画，画一些可爱的花花草草，画完了，就骄傲地举着自己的作品接受病友们的夸奖。

那天，她拿过女孩的一幅简笔画，指着那上面陡峭的崖壁间那些星星点点细碎的小花，问女孩那是一种什么花。女孩告诉她："哦，这种花，名字叫不谢。"

"不谢？有这样的一种花？"她的心猛地一颤。

"是的，在美丽的科多拉大峡谷险峻的岩壁上，不谢花的种子将根系深扎下去，吸收天地灵气和日月精华，长至百年，便灿若星辰绚烂地绽放，千年不谢……”小女孩很认真地给她讲着不谢花的神奇。

仿佛惊雷般的一瞬，盯着那幅画和笑容可掬的女孩，她恍然明白了——小女孩之所以从来不戴头套，总是坦然地以光头示人，总是以甜甜的笑迎接一次次的吃药、注射、化疗、手术……原来，在小女孩的心里，已开满了不谢的花朵。

就在那一刻，她真切地感到自己曾经有过的一些想法是多么傻。

第二次手术后，又经过了一段时间的化疗。身体柔弱的她，毅然放弃了本可以就此回到城市里休养的调动机会，在许多人不解的惊讶声之中，她再次走进山区那间破烂的教室，又一脸幸福地举起了心爱的教鞭，让琅琅的书声回荡在那山山峁峁之间。

很多的时候，她都会对着镜子，细心地梳理朋友赠送的那些漂亮的假发，还会在那干瘪的胸前垫上一块蓬松的海绵，让自己比过去还要美丽地站在学生们中间。

一次作文讲评课上，她讲到了关于美丽的话题，讲到尽兴处，她坦然地摘下假发，亮出她那缀着少许发丝的荒芜的光头，微笑着告诉学生们——有些美丽需要精心地装扮，有些美丽则无须任何润饰，有些美丽一览无余，有些美丽则要苦苦寻觅……

那天，她又去医院复查。医生看着化验单，兴奋地告诉她：“真没有想到，你恢复得这么好，简直创造了医学奇迹呀。你不知道，当初你住院时病情有多么严重，好几个专家看了都直摇头。而现在你好得让人吃惊，以后除了定期来复查一下，你什么药物都不需要了。”她灿灿地笑了，慢慢地向医生讲述了自己从痛苦的深渊走到幸福的高地上所经历的那些琐琐屑屑……

当她再次走进那个小女孩的病房时，得知小女孩已在3个月前永远地走了。

小女孩临走前将那幅画满了不谢花的简笔画托病友转交给她，那上面还有几行用铅笔写的留言——“好姐姐，真羡慕你，能做一名让学生喜欢的老师，能够经常站在那些朝气蓬勃的花朵中间，感受生活的美好，体味生命的富足。我相信：你现在就是一朵幸福无比的不谢花……”

大滴的泪珠滚落下来，她的心暖暖的，她懂得小女孩的心思，懂得让简单的生命开成一朵绚丽的不谢花，其实是很容易的——只需让心灵时时充盈着爱意，先好好地爱自己,然后再去爱更多更多的人,走在每一份爱的情怀里,发现爱,品味爱,播撒爱,便自然会拥有永不凋谢的美丽……

点评

选取新颖而奇特的素材,不仅会给文章增添与众不同的亮色,还会给读者耳目一新的阅读感受。本文讲述了世人罕闻的不谢花与在困境中抗争的女孩的故事,别开生面地传递出热爱生命、珍惜生命的主题思想。

漫步去天堂

正值人生的黄金季节，他刚刚度过 39 岁的生日，便成为那所著名大学里最年轻的教授。他正踌躇满志，准备“百尺竿头，更进一步”，谁知骤然而至的一纸冰冷的诊断，却将他从明媚的春光中，猛地推回到刺骨的寒冬里。

肝癌，晚期，多么像一个黑色幽默。面对这突如其来的宣判，他欲哭无泪。

了解他病情的那些专家和医生，都悲观地断言：即便是进行肝脏移植，对他也已没有多大的意义了，只能接受保守治疗，顺从命运的安排。

事已至此，悲伤能如何？懊悔又能如何？他唯有无奈地接受，只是，他还是心有不甘，因为还有那么多愿望没有实现呢，还有那么多的事情要做呢。这些年来，他忙于搞学术研究，总是在写论文，向乡下的父母嘘寒问暖的次数都少得可怜，倒是父母每次打电话都要提醒他，一定要注意身体，别拼得太猛了，别累坏了自己。还有女儿，刚刚上初一，课程一下子多了，她还真有一点不大适应，很需要他的辅导。还有妻子，他这几年到国外留学，去北京读博士、做博士后，她一个人在家里撑着，吃了那么多的苦，却任劳任怨，生活刚刚稳定下来，他却病得……还有他那些可爱的学生，尤其是刚招上来的三个研究生，潜质都很好，他真想好好培养他们，让他们早日成才……

然而，他已经很清楚地看到了，死神正狰狞着一步步走来。

那一天，他去中央大街书店，恰巧碰到一群人在那个广场上扭秧歌。他发现，每一个扭秧歌的人都那么精神抖擞，幸福满面。旁边有人在感慨：“看看人家癌症患者，还这么开心，我们这些健康人，还烦恼什么呢？”

“什么？他们都是癌症患者？”望着那些欢快地起舞的男女老少，他惊愕，不敢相信。

“他们都是抗癌协会的会员，经常凑到一起，载歌载舞，自娱自乐。”有人告诉他。

在他们休息的时候，他走过去与领舞的那位老者攀谈起来。原来，老者得的也是肝癌，早在10年前，就拉响了死亡警报，然而，他至今仍乐呵呵地活着，是抗癌协会的骨干成员。

得知他刚刚被诊断为癌症，老者安慰他："这个病也没那么可怕，千万别被它吓死。每个人早晚都是要去天堂的，但去天堂的路，应该慢慢地走，你要多看看人间的美景，多享受人生的乐趣。"

"人是抗不过命的，有时候，不是你想慢就能慢下来的。"他不无悲观道。

"只要你懂得珍爱每一天，开心地过每一天，就会放慢去天堂的脚步。就说我吧，检查出癌症以后，我反倒把一切都看开了，把活着的每一天，都看作是赚来的。结果呢？我快乐了10年，还没走到天堂呢。"老者的语气里充满了骄傲与知足。

天堂虽美，但人间更值得留恋。自己也完全可以像那位老者一样，放慢去天堂的脚步啊。听了老者的一席话，他心头的抑郁，陡然被冲淡了许多。

接下来的日子里，他遵从医生的建议，按时服药，注重饮食，还加入了抗癌协会，参加了很多有益的社区活动。每一天，他都感觉过得很快乐，也很充实。似乎病情也一天天好转起来，肝部疼痛的时间缩短了，次数也明显地减少了。

一晃三年过去了，女儿考上了重点高中，他完成了一项国家级课题，送走了三批研究生。

那天，他亲自下厨，兴致勃勃地炒了几个小菜，一家人举杯庆祝，这三年一家人幸福的人间行走，是快乐多过烦恼，收获多过遗憾。

女儿拿到大学录取通知书时，他终于无憾地倒下了。临终前，他微笑着告诉妻子和女儿："我累了，走不动了，先到天堂里歇一歇，你们一定要慢慢地走，到时候，把耳闻目睹的和亲身经历的更多好事，讲给我听。"

泪光盈盈的妻子攥着他的手，使劲地点头。

他患了不治之症的这6年，竟是他们一家人最难忘的一段幸福时光，也是他们一家人收获最多的一段日子，他获得了两项省级奖和一项国家级奖，发表了10多篇论文；他编写的教材出版了，还评上了高级职称；基础薄弱的女儿，也考上了理想的大学；每个春节，他们都是在乡下陪老人一起度过的，那种天伦之乐，真是难以形容……

他的一位作家朋友，听过他的故事后，不禁感慨道："那是多么睿智的选择呀，漫步去天堂，淡定、从容、乐观、洒脱……世间那么多的缺憾和疼痛，因为那样的情怀，都发生了令人惊讶的转变，变得那般轻松而诗意，变得那般美好而深刻。"

点评

将生命的每一天都看作上苍的恩赐，认真地活好每一天，可以慢下来，听听心灵的召唤，即便是苦难临头，也依然向世界投射出无所畏惧的微笑，即便早已知晓生命将提前谢幕，也从容地向天堂走去，迈着优雅的步子，留下高贵的身影……

最美的母亲

母亲那张骇人的脸实在是太丑了。她的奇丑,曾是他幼小的心灵挥之不去的隐痛。每每看到别的小朋友拥在自己漂亮的母亲身边撒娇,他便会在心生羡慕的同时,也滋生一缕怨恨,怨恨自己不幸摊上了这世界上最丑的一位母亲。随即,无形的自卑和难过便自然地缠绕过来。

母亲早已从他的眼神里读懂了他的心思,她像犯了不可饶恕的罪过一样,在他面前总是低三下四的,甚至经常要刻意地去讨好他。母亲越是这样,越让他感觉到不舒服甚至更加讨厌。有一段时间,他特别想远远地逃离那个家,希望不再看到丑母亲。

他读书很用心,成绩始终排在年级的第一名。优秀的学习成绩为他赢得了一份骄傲,也让他对外面世界的渴望更加强烈而执着起来。他常常一个人坐在家乡空阔的山岗上,望着蜿蜒的山路尽头,一任思绪悠悠地飘荡到远方。

16 岁那年,他要走出封闭的大山,去县城里读高中了。临行前,他刚刚流露出不要母亲送行的一点意思,母亲便明白了,掩饰着说他真的是长大了,能独立上学了,还说已请邻居郑伯伯开农用车帮他把行李送到了公共汽车站。他默许了,依从了母亲的安排。

早上起来要上路时,他摸摸母亲在他贴胸的口袋里装好的学费,一丝伤感涌上心头。父亲在采石场被哑炮夺去生命后,母亲为供养他上学付出了令人难以想象的辛苦,每一分钱里面都凝着母亲的心血和希望。他突然冲动地想让母亲送自己一程,他知道那样她会很开心的。可母亲昨晚就说自己要起早到邻村帮人种苞谷挣钱,现在已经悄悄地走了,给他做好的早饭在锅里正热着呢。

3 年紧张的高中生活很快就过去了,接到高考录取通知书的那天,他跑到父亲的坟前哭了个痛快淋漓。作为全村的第一个大学生,他也让母亲背上了最沉重的债务,读高中的贷款还没还清,上大学的学费让母亲东挪西借了许久,还没有凑齐。她头上的白发惊人地多起来，可她从未向他流露过一丝抱怨。虽然母亲依然丑陋，但他已不像小时候那样讨厌她，看到有点儿驼背的她那知足的眼神，他感受到了母亲内心深藏的慈爱。

进大学不久，母亲求人代写的信就到了，母亲欣喜地告诉他，她找到了一份很挣钱的活儿，让他吃饱穿暖，安心地学习，下学期的学费一定能够提早攒够。他猜不出来没有文化、没有手艺的母亲，究竟找到了怎样的赚钱门路，他猜想母亲是在安慰他。读着信，他的眼睛湿润了，不禁为自己这么多年来对母亲丑陋容颜的耿耿于怀而羞愧地自责起来。

很快，他在校园里找了一份勤工俭学的工作，还做了一份家教。他写信让母亲不要太累了，等他毕业后一定让她过上幸福的生活。

没有想到，再次见到母亲，竟是在县城的医院里。望着躺在病床上的一条裤管空荡荡的母亲，他的眼泪像断线的珠子一样簌簌地滚落下来。跪到母亲的床前，拉着母亲的手，他久久地哽咽无语。

从接他的郑伯伯嘴里得知，母亲是在上山捕蛇时，被毒性最大的眼镜蛇咬到踝关节，幸亏发现得及时，加上她身体健壮，虽然截去了一条腿，但总算侥幸地保住了性命。

原来，母亲说的赚钱的工作，就是上山捕蛇卖给城里来的收购者。可是，他知道母亲原来是最怕蛇的，记得小时候，他和小朋友用木棍挑着一条半尺长的土蛇玩耍，母亲看到了竟吓得连呼带叫地跑出老远，好几天过去了，还紧张得连见了蚯蚓都要发抖。而先天视力不好、笨手笨脚、一向惧怕蛇的母亲，怎么会去干捕蛇这种危险的活呢？郑伯伯告诉他，山上的毒蛇比较多，人们平时上山都加着小心，全乡也没有几个人敢去冒险捕蛇。是母亲太想多挣一些钱，才冒着生命危险上山的。尽管她做了细致的防范，鞋、裤腿、手臂上都缠了厚厚的布条，可还是……

抱着母亲，他哭着说："我不要读大学了，我只要妈妈健康地活着。"

母亲抚摸着他的额头，双眸里闪着晶莹的泪花，说："傻孩子，不读书怎么行？那样的话，妈妈的一条腿不就白白地丢了吗？我没事儿的，往后拄了拐干什么也不会受影响的。"

很快，伤病并未痊愈的母亲便急着出院了，他也赶回了学校。他学习更刻苦了，并开始拼命地做兼职，什么样的苦活累活都不嫌弃，因为他只有一个念头，那就是让母亲少为自己劳碌一些。

然而，他怎么也不会想到，母亲伤好之后，竟然拄着拐又上山捕蛇了，不只是因为收蛇的价格又涨了一些，主要是她怕儿子为了打工挣钱而耽误了学业。她每天都背着一个采野菜的筐悄悄地上山，偶尔有村里人碰到了，也只是以为她去采野菜，谁也不知道她又去捕蛇了，谁也不会想到一个拄着拐的丑妇还在悄悄地捕蛇、卖蛇，大家都知道"一朝被蛇咬，十年怕井绳"的古训，更何况她曾经差一点儿把命都搭上了。

她再次遭到了毒蛇的攻击，但这一回幸运没有降临。等人们发现她时，她已停止呼吸多时了，毒液进入了她的全身，整个身子已肿胀得十分吓人。

欲哭无泪地安葬了母亲，他将母亲生命中最后的一张照片放得大大的，立在坟头，他长久地跪在那里，一遍遍大声地呼喊着："母亲，我最美最美的母亲！"

喊声在山谷里回荡着，更在他的心田里久久地回荡着……

点评

至今我还清晰地记得那位小学同学的母亲，她因疾病而扭曲得骇人的丑陋面容，那样令人避而远之。然而，她善良的心地远近闻名。多年后，读雨果的《悲惨世界》，敲钟人卡西莫多的形象，再次扣动我的心扉：原来，无论外表怎样丑陋，也掩盖不了一颗美丽的心。

赞赏儿子的工作

那天是周一,我正准备出门,电话铃响了,著名的私营企业家方总抱歉地通知我,原定的采访安排取消,因为他要陪儿子参加市文化宫举办的业余书画比赛。

放下电话,我问在文化宫上班的妻子,那是一次什么性质的书画比赛,能让方总如此重视。妻子轻描淡写地告诉我,那种比赛文化宫每月都会搞一两次,大多是选一处空阔的场地,让孩子们随意地写写、画画,再评一下等级,奖品也不过是日记本或卡通画之类。

我有些纳闷:不过是让孩子参与的一次娱乐性活动而已,方总为何还会看重?

到了单位,我与对面桌的小刘闲聊,惊讶地得知,方总的儿子患有先天智障,18 岁了,长了一米八的大个子,智商却仍停留在三四岁儿童的水平上。

那他为什么还带着这样的儿子去大庭广众参赛呢?我更困惑了。要知道,方总可是身家过亿的商界精英啊,是本市声名显赫的人物。

小刘告诉我,方总很爱他的智障儿子,为了陪儿子学画画,他推掉了许多生意上的应酬,错过了不少的商机。据说,他家客厅墙上挂的,都是他儿子的画作,每有客人到访,他都会热情地向人介绍,仿佛那些画都是价值不菲的名家经典。

于是,我突然特别想见见方总的儿子,想看看他们父子在一起的情形。当我将这个想法向方总一提,他竟爽快地答应了。

周末,我如约赶到方总家。一进客厅,我便见到墙上挂着一幅幅精心装帧的画作,坦率地说,那些作品都十分幼稚,更像一个孩子顽皮的信手涂鸦,方总见我对那些画感兴趣,一脸自豪地告诉我,那都是他儿子方萌萌 5 年前的作品,现在画得比以前的还好。

我提出马上要见见他的"画家"儿子,方总指了指对面的一个小屋:"他正在画室里工作呢，我们先不要打扰他吧。”

于是，我按事先列好的采访提纲，与方总交流起来。过了大约半小时，方萌萌拿着一张画走到方总跟前，孩子气地依偎在父亲怀中，把他手上沾的颜料抹到了父亲衣服上。

方总笑着表扬儿子：“画得不错，快拿给这位叔叔看看。”

我装作认真地欣赏了一番方萌萌那实在很一般的画作，嘴里说着鼓励的话，心里却不住地嘀咕——每个人都有遗憾啊，在商界叱咤风云的方总，竟有这样一个弱智的儿子……

“儿子，回到你的工作室，继续你的工作吧，爸爸也要工作了。”方总怜爱地拍拍儿子的肩膀。

“您把方萌萌的绘画看成了他的工作？”我很惊奇地问道。

“不是我把他的绘画看成了他的工作，他也认为那是自己最好的工作，他喜欢，也品尝到了乐趣。”方总很认真地对我说。

“哦，我知道您成功的秘密了——您对工作有着不同于常人的理解，您懂得尊重每一种工作，懂得带着热情去工作，还能够体味工作的乐趣……”瞬间，我茅塞顿开。

“那是儿子的工作”，方总这一句脱口而出的平常话语，让我第一次意识到：尊重他人所做的事情，与热爱自己所做的事情一样，不仅关乎胸襟与气度，还关乎智慧。

点评

那真是一位睿智的父亲——他懂得尊重，孩子所做的看似很普通的事情，在他的心里都是很神圣的工作，不能有任何的轻视。真正的尊重，一定是发自内心的，由爱出发，尤其是在寻常的小事中。

每个生命都被阳光温暖着

她对自己目前的生活境况越来越不满意。

她感觉自己似乎被整个世界都遗忘了，尤其是父亲去世后，母亲远嫁他乡，她独自在那个陌生的城市里打工，每天忙忙碌碌的，很疲惫，很寂寞，也很孤独，因为找不到一个知心的朋友。

偶尔，她会拨一下手机里面存储的几个电话号码，可一拨通，她又赶忙慌乱地挂断。因为她不知道该说些什么，好像自己没有什么值得倾诉的，甚至心底那挥之不去的忧愁，都显得那般的单薄，不会有人愿意花费时间倾听。

休班时，她便一个人到那条穿城而过的大江边上，默默望着浑浊的江水，载着她心头不知从哪里涌来的伤感，将目光朝远处拉去。远处，是一栋栋比赛着长高、长大的楼房，是一个个报纸上连篇累牍地宣传的风景般的高档住宅小区。

一想到繁华的城市里，那么多的高楼大厦，却没有真正属于自己的一平方米，一股真切的悲凉，很快就将她从头到脚包围住了。她不禁感慨自己的卑微，卑微如一株生在角落里的微不足道略的小草，似乎都被大地忽略不计了。

她想逃回老家，那个颓败的念头只轻轻一闪，便立刻熄灭了。因为自己是从那贫瘠、落后的地方逃出来的。回去，是一个不能忍受的折磨。

到哪里去呢？季节不过是初秋，正是北方最佳时节，她却分明感觉到一股股的寒意，在向自己袭来，她瘦削的身子都快要抵挡不住了。

走进了一家书店，挑了一本名为《阳光100》的书，找一个角落坐下来，随手翻开，那个小故事很快吸引了她的眼睛：一位生活在北极圈里的爱斯基摩老人，在极夜笼罩的那些日子里，一个人待在屋子里，哼着只有自己懂得的小曲，饶有兴致地侍弄着那几株蔫蔫欲萎的无名小花。一位来自“阳光国度”的年轻游客，不无同情地劝老人，何不到阳光多的地方走走？老人呵呵地笑着说：“你来的地方阳光多，我这里阳光也不少啊，且不说极昼来临的那些日子，整天都被阳光包围着，就是现在，我也丝毫没感到黑暗和寒冷，因为我知道，每个生命都被阳光温暖着，只要你心里始终有阳光……”年轻的游客顿时无语，默默地咀嚼着老人的话，不由得暗暗地点头。

原来，每个生命都被阳光温暖着，即使身陷无底的黑暗之中，只要心里有阳光，生活就不会是暗淡无光的。

她猛然想起了那场举世瞩目的矿难中，被埋在地下 800 米深处的那位智力矿工，在被围困在井下的几个月里，一直坚持着跑步，因为他相信自己一定会被救出，还可能有机会到纽约去参加长跑比赛……而结果，他的梦想竟全部成真了。

瞬间，她的心田里也仿佛撒进了一缕缕温馨的阳光，她蓦然发觉：生活并非自己想象得那么糟糕，还是有许多值得欣慰的事情，譬如，自己做的衣服卖到了巴黎那样的大都市。还有许多值得欣赏的风景，比如，商场橱窗里活动的模特，街头那个漂亮的雕塑，江滨广场上放飞的风筝……

没错，每个人头顶都有温暖的阳光，只要自己不曾暗淡了心灵，就不会暗淡了生活。

点评

阳光慷慨地照耀着每一个生命，尊贵的，卑微的，富裕的，清贫的，苍老的，年轻的……每一个热爱生活的人，都会感受到那免费的温暖，绵绵无绝，触手可及。

会飞的发卡

第一次在精品屋里看到那个漂亮的发卡，安宁的心便被紧紧地攫住了。

此后的好几个月里，那个设计精妙、色彩艳丽的蝴蝶形发卡，便常常在安宁的脑海里翩然起舞，好几次还闯进了她甜蜜的梦乡，带着她快乐地飞翔。

读高三的安宁，无法向父母开口要钱买那个自己喜欢不已的发卡，因为它近300元钱的价格，实在是太昂贵了，而她的家人全都囊中羞涩：父亲下岗多年，一直在打着报酬可怜的零工，做清洁工的母亲每月微薄的收入和低保金差不了多少，奶奶又长年卧病在床，父母能省吃俭用供她读高中，安宁已经很知足了，她从不敢在吃穿用等方面再奢望更多。

然而，似乎越是得不到的东西越显得珍贵，更何况那是她最喜欢的东西呢。安宁无法拒绝那个美丽的发卡魅力无限的诱惑，甚至在学习最繁忙的那段日子里，她还是几次挤出一点儿时间匆匆跑去那个精品屋，只为看一眼那个令她爱不释手的发卡。这是她18岁的秘密，带着一缕不能向任何人诉说的淡淡苦涩。

令安宁惊喜万分的是高考前一个月的一天，一直萦绕在她心头的那个心爱的发卡，竟然真实地飞到了她的手上。原来，在那家大商场打工的姑姑偶然发现了她的秘密，便毅然决定送她这份礼物，期望她能怀着最好的心情走进考场。

将漂亮的发卡托在手上，安宁轻轻地抚摸着，细细地端详着，喜悦蓬蓬勃勃地舒展开来。认真地洗过头发，端坐在书桌前，安宁对着圆圆的小镜，颤抖着双手戴上那个精美的发卡。在那一瞬间，她感觉自己也陡然变成了一只轻盈的蝴蝶，不禁舒展开双臂，在那间狭窄的小屋里欢快地旋转了两圈。

安宁慢慢地摘下发卡，恋恋不舍地把它放进书桌的抽屉里，她不想马上戴着它出现在老师和同学们面前，她准备在高考那两天再戴上这只漂亮的发卡，她相信它能给自己带来一份最真实的激励，能给自己带来一份好运。

当然，每天独在小屋紧张地复习功课之余，安宁总会悄悄地打开抽屉，看看那只振翅欲飞的蝴蝶，似乎只是匆匆地瞄上那么一眼，她心里就有一股说不出的欣悦。

汶川大地震发生后的第三天，班级里转来了一个叫程倩的女孩，她是避震到舅舅家来的，临时插到安宁的班级。那会儿，同学们虽然已进入高考复习的“冲刺阶段”，但大家始终都十分关注有关抗震方面的事情，同学们都踊跃地为灾区捐款捐物，安宁还放弃了一本早就看好的复习资料，将省下的钱全捐了出去。

对程倩的到来，老师和同学们奉上了最大的热情，每个人都表达了最真诚的欢迎和关爱，让程倩感受到了回家一样的温馨和美好。长得小巧玲珑的程倩，轻轻地微笑时，嘴角便露出一个甜甜的小酒窝。安宁坐在她的右边，很羡慕她那一头浓密、乌黑的秀发，悄悄问她怎么保养的，程倩说她家乡的每个女孩的头发都是这样的，没有特别用心地呵护。

这一天晚上临睡之前，安宁又习惯性地拉开那个抽屉。咦，自己心爱的发卡怎么不见了？她噼里啪啦地把书桌所有抽屉里的东西都倒了出来，仔细地翻拣了一通，还是不见发卡的踪影。

被惊动的父亲过来看看，也纳闷地说：“奇怪了，我们谁也没有动它呀，难道它还能飞了？”

“是呀，它还能飞了？”安宁明明记得前天晚上还看到它了呢。

“先歇息吧，等你妈妈回来再让她帮你找一找吧。”父亲告诉她母亲今天去市郊的外婆家了。

为那不翼而飞的心爱的发卡，安宁一夜辗转反侧。

第二天，刚一走进教室，安宁立刻惊呆了：“那不是我的发卡吗？它怎么飞到了程倩的头上？”疑问的鼓点不停地在她起伏的心头敲打着。

“好看吗？”程倩注意到了安宁那痴痴的目光，微笑着问道。

“哪里来的？怎么跟我的那个一模一样？”安宁一脸的困惑。

“是舅妈的一个最好的朋友送的，你也有一个？怎么不戴？”程倩也露出一丝惊讶。

“哦，我的那个飞了。”安宁有些魂不守舍地回答，语气里有着明显的伤感。

“飞了？”程倩迷惑不解地望着安宁，同学们刚才对发卡那些赞美的谈论带来的喜悦,这一刻已被冲淡了许多。

整整一天,安宁的心都在随着程倩发间那只美丽的蝴蝶起起落落,难以平静。

吃晚饭时,看到女儿闷闷不乐的样子,母亲揭开了谜底——原来,母亲跟程倩的舅妈十分要好,那天看到她和面带忧郁的程倩在散步,母亲心里忽然一颤,感觉那个背井离乡的小女孩很可怜,便匆匆跑回家,没有多想什么,拿了女儿的发卡就送了过去。

“你知道,我是多么喜欢那个发卡吗?”安宁的眼泪簌簌地落了下来。

“怎么会不知道呢? 可程倩那孩子家里遭了那么大的难,咱不能帮上人家什么,只能送一个漂亮的发卡,让她高兴高兴。”母亲满怀惭愧地将安宁揽到怀里。

“我懂,我不怪你,我就是有些舍不得……”摩挲着母亲粗糙的双手,安宁知道自己接下来该怎么做了。

“好女儿,等你高考结束了,妈妈争取再给你买一个。”母亲轻轻地拍拍一向很乖的女儿。

“等我自己打工赚钱买吧,你和爸爸已经很辛苦了。”安宁擦去眼角的泪花。

再见到戴着漂亮发卡的程倩时,安宁已经能够很自然地送上心中由衷的夸奖。走在校园内外,两个人手拉手,亲密得像一对姊妹花。

6 月 5 日,同学们一起拍完毕业照,便不再到学校而是回家调整状态,准备面对两天后那场人生重大的考试。程倩也回四川复习去了,她是悄悄地走的,没有惊动老师和同学们,只给大家留下一封写满感谢和祝福的信。

明天就要上考场了,安宁心里有一点儿兴奋,也有一点儿紧张。当不经意地拉开书桌的抽屉时,她惊讶得失声叫了起来:“我可爱的蝴蝶又飞回来了!”

没错,就是那个在程倩的秀发上美丽了十多天的发卡。此刻,它正躺在一张粉色的带卡通图案的信纸上,静静地望着她。

信纸上流淌着程倩的叮咛和祝福:“请美丽的安宁明天戴上这只漂亮的蝴蝶吧,它会带你飞到梦想开花的远方……”

“我会的,相信这只会飞的发卡,一定会给我们带来好运……”安宁轻轻地呢喃着,仿佛正握着程倩的手,两个人倾诉着各自心底的秘密,月光一样的纯洁、轻柔，好像清泉般的钢琴曲，拂过这个美好的夏夜。

点评

在2008年的汶川大地震中，有很多感人的故事，而我讲述的这个关于友情和真情的故事，之所以受到许多读者的喜爱，一个最主要的原因就是——爱的对面也是爱，当你真诚地捧出一分爱时，对面也会真诚地回报一分爱。如此，爱在传递，善在弘扬，美好缤纷。

我们的输赢都在路上

1990年8月，我接到了省城师范大学的录取通知书，成为那个偏远的山村里考出去的第一个大学生，带着全村人的羡慕和赞叹，兴高采烈地踏上了通往省城的列车。

与此同时，我的同窗好友金海，却泪流满面地撕碎了北京一所名牌大学的通知书，在村民的一片扼腕痛惜中，默然背起寒碜的行囊，加入了南下打工的队伍。尽管上大学是金海梦寐以求的愿望，但残酷的家境状况，让他只能做出那样无奈的选择——他母亲患精神病快十年了。不久前，他父亲又被突然炸响的哑炮，永远地剥夺了行走的权利，只能愁眉苦脸地瘫卧在床上。没有什么比贫病交加更让人心痛的了。那个炎热的8月，我不敢见金海，不敢面对他满眼叫人心酸的苦涩。

我的大学生活阳光明媚，简单的功课、少许的作业和宽松的考试，让我轻松愉快地应对。于是，我把充裕的时间，慷慨地抛给了影院、舞厅、商场、溜冰场，尽情地品尝青春的快乐。我甚至还在大三那年秋天，旷课20天，跟两位同学结伴游历了大半个中国，虽说为此挨了处分，也没在意，反而时常拿出一大把照片，炫耀似的将那当作大学生活里得意的谈资。

不幸的金海，刚去南方打工没多久就遇到了麻烦，他好容易找到一份工作，辛辛苦苦地干了半年，待到结算工钱时，雇工的老板却突然消失得无影无踪。金海后来告诉我，那会儿，他恨不得杀了那个可恶的老板，因为那是他最艰难的时候，那是在往他没愈合的伤口上撒盐啊，他几乎都要挺不住了。

第二年春天，金海来到我读大学的城市打工。我陪着他跑了三天劳务市场，终于在一个建筑工地上找到一份搅拌泥沙的又脏又累的工作。金海说他不怕吃苦，有一份挣钱的工作就行，他还说离我近一点儿，他心里多一分温暖。当时，我很感动，好像自己是这个城市的主人，拍拍他的肩膀，说："有空到我学校来玩，有需要我帮忙的尽管说话。”

此后一年间，金海几乎没到大学里来找过我，因为他实在太忙了，每天都要起早贪黑地干上十五六个小时。我去看过他两次，见识了他那阴暗、潮湿的工棚和简单、劣质的伙食，见到短短的两年间他那变得与年龄不相称的黝黑、苍老的面容，我不禁在心里暗暗感叹——命运就是如此地不公，聪明、勤奋的他，理应和我一样潇洒地漫步在大学校园，把青春自由地挥洒成一首首浪漫的抒情诗，现在却……

悠然的四年大学时光转瞬即逝。毕业后，我如愿地留在了省城，并进了一家大单位，拥有了一份轻松、体面的工作，并娶了一位处长的女儿。每年春节，我都要携妻挈女衣锦还乡，站在家乡父老羡慕的目光中间，我心里装满了成功的幸福与骄傲。

再说金海，在走过三年多艰辛的风雨打工路后，他敏锐地捕捉到了改变命运的商机，他勇敢地成立了自己的建筑公司，拉起了一支建筑、装修队伍，不辞辛苦地征战于北方各大城市的建筑市场上，凭着他的聪明、坚韧与认真，很快地打开了局面，公司的资本滚雪球似的急剧膨胀。几年后，他已是身家逾千万的房地产大亨，在京城拥有了自己的豪华别墅和奔驰轿车。他还给父母请了保姆，两位老人逢人便慨叹——这日子就像做梦似的，以前连想都不敢想的一切都有了，生活一下子就像进了天堂。

金海依然是一个大忙人，在紧张、繁忙的商战之余，他总要挤时间开车到首都的几所著名大学听课。他说知识经济时代了，一天不学习都要落伍的。

与金海相比真是惭愧得很，大学成绩平平的我，对手头那份悠闲的工作，自然也没怎么投入，把更多的精力都花在繁杂的人事应酬上面。当然，我也琢磨过一些挣钱的门路，但结果大都不尽如人意，便更加慵懒起来，“不求有功，但求无过”地打发起日子来。没有明晰的追求目标，也没了生活的压力，我不知不觉中也就疏远了学习。同学相聚时，也曾自嘲地说“堕落了”，但说归说，依旧是无所谓地虚度岁月。直到有一天，单位人员精简竟降临到自己的头顶时，我才像被人在肩头猛击了一掌，真切地知道了这世界确实没有一劳永逸的美事。

应该感谢金海，在我下岗后痛苦得难以自拔时，他向我伸出了热情的双手，把我安排到了他公司的一个重要部门。这一年,距我们迈出高中校门正好10年。

10年间,我从一个光明的起点开始,取得一点点的成功,但很快就滑向了平庸;而金海却从巨大的失意中迅速崛起,大踏步地走向了人生的辉煌,并继续向着更高的峰巅攀缘。回望我和金海的这段不长的人生之旅,不难看出——最终的成功,不在于起点的好坏,不在于起步的早晚,也不在于最初领先的多少,而在于目光始终瞄准前方,在于整个路途上的心血与汗水的付出……

“我们的输赢都在路上”,我把这句话深深地铭刻在了心中。

点评

本文以第一人称“我”叙述了两位中学同学的故事,10年间两人显著的人生变化,在提醒我们:谁都可能输在起跑线上,谁都可能输在中途上,谁也都可能输在终点线上,若想赢得理想的人生,每一段路程,都要认真对待,都应该加倍努力。

邂逅你的苦涩年华

20年前的京广列车,速度比现在要缓慢得多。她是早上8点从长沙上的车,因为是临时决定前往广州,没能买到卧铺票,但在车票异常紧张的时期,她居然买到了一张临窗的硬座车票,还是相当知足的。

沿途变换的风景,不停地从车窗前闪过。

赏倦了风景,她就拿出一本《诗刊》,慢慢翻阅。那会儿,她刚大学毕业,在一个令人羡慕的单位上班,阳光灿烂的生活里,充满了诗情画意。

临近中午时,车厢过道里站立的旅客越来越多,已经颇为拥挤了。能够有一个舒适的座位,的确是一件很幸福的事。

那个长得有些稚气的男孩,个子很矮,一只手攥着折叠起来的装化肥的塑料编织袋,脸上带着兴奋和紧张。好像一上车,他就站在她对面的过道上,不时地朝车厢两端张望。

她看到他深蓝色的裤脚,有一个明显的破洞,有点儿皱巴的短袖衫,不利落地塞到腰带里,一个大编织袋塞在她的座位下面,鼓鼓囊囊的,不知装的什么东西。

忽然,车厢那端一阵骚动,检票员开始查票了。这时,他迅捷地展开手里的编织袋,唰地一下子套在自己身上。原来,那个袋子的另一端,早已被拆开,已变成一个圆筒。

他赶紧趴下,手脚麻利地钻入对面的座椅下面,整个身子蜷缩成一团。她忙收回双脚,生怕碰到他的头。

她曾听人讲过,火车上逃票的种种做法,没想到今天亲眼见识了这样一幕。

车厢里面的人实在太多了,检票员不时地扫视车座下面,居然没发现他。

检票员已走远,警报解除,一位中年妇女招呼他:"小伙子,快出来吧,下面空气不好,别憋坏了。"

他伸开双腿，一点点地挪动，缓缓地退出来，在一位乘客的帮助下，他脱下编织袋，掸掉头上粘的灰尘，满脸的难为情，像犯了一个大错误。

与他的目光相对时，她看到了一抹可爱的羞涩。

她在小说中见到过不少他这样卑微的小人物，知道他们的窘迫、辛酸与无奈。

她冲他笑笑："一个人去广州？"

他不好意思地点点头："有老乡在那里打工，我也想过去看看。"

"哦，你这是去远方寻找青春的梦想。"她随口说出了一句诗意的话，因为那一刻，她想起了作家余华的那篇选入中学课本的小说《十八岁去远行》。

那位中年妇女递给他一个橘子，他推让了一会儿，还是接了过去。

接着，她知道了他来自湘西，高一没念完，便被迫辍学打工了，因为母亲一直生病，父亲又摔断了腿。昨天，他刚刚过完 18 岁的生日。

说到以后，他坚定而自信地告诉大家，他一定好好打拼，拥有让人赞叹的成功。

她不无敬佩地给他鼓掌，为他逆境中那不肯折弯的信念和坚韧。

与他对照，她简直是生长在幸福的大海里了。从小家境就十分优越，她穿的衣服漂亮又时尚，从小学到中学，读的都是重点，大学读的也是自己喜欢的专业，毕业找工作轻松愉快。长到 24 岁，她似乎从没遇到过什么挫折，更不要说经历什么磨难了。

下车前，她悄悄地替他补了一张 10 元的车票，免得他出站时遇到麻烦。他连连道谢，竟感动得有些手足无措，总想回赠给她点儿东西，却实在没什么拿得出手的。

她善解人意地告诉他："等着你有一天发财了，我去找你，你请我吃大餐。"

他使劲地点头："没问题，你一定要找我啊。"

他瘦小的身影裹在人流中，走出好远了，她仍站在那里张望着。

20 年的时光呼啸而过。她想过他的日子一定会好起来的，但没想到，当年那个毫不起眼的逃票男孩，真的像一部励志大片中的男主角一样，几经磨难，最终完成了人生华丽的转身。如今，他已是国内著名的"房产大亨"，个人名下已拥有数百亿财富，他频频亮相于报刊、电视和网络上，他的事业还在蒸蒸日上。

在长沙举办的图书会展上，她受一位出差在外的同事委托，去购买最新出版的一部畅销书，并请到现场的作家签名，因为同事的女儿是那位作家的铁杆粉丝。

在琳琅满目的书海中穿行，她真切地感受到了岁月匆匆的脚步。

如愿地买到书并讨到了签名，回转身来，朝出口走去时，她的目光被一巨幅广告吸引过去，那是在宣传一部传记，而传主正是当年慢行列车上那个落魄的小男孩。

她走过去，面对巨幅广告上满脸坚毅的他，曾经的那些细碎的情节，纷纷涌来。

她想起了与他告别时的约定，想到了他的羞涩和自信……

她情不自禁地买了一本他的传记，她想看看他当年在广州是如何淘到“第一桶金”的，以及他是怎样书写人生传奇的，虽然，她此前已经从报刊和电视上知道了一些。

她边读边感慨。

令她暖心的是，在书籍的第58至60页，讲到了他们那次列车上的邂逅，他感谢那些好心人给他的善意帮助。特别是她，一个衣着时尚的女孩，临下车前塞给他的那张车票，他至今仍保存着。还有，他一直记得当年的那个约定，期待着有朝一日，能够与她见面，请她吃大餐，还要当面向她致谢……

轻轻拭去眼角的泪花，她感觉有幸福正向自己走来，如此清晰，宛若那些鲜亮的记忆。

她知道，很容易找到他，但她不会去找他。曾经的那些，都已变成了美好的回忆，且留藏在心灵深处好了。

邂逅了他的苦涩年华，又看到了他的辉煌岁月，她更加坚信：这个世界上，一切皆有可能。

点评

谁的一生中都难免会经历一段苦涩的日子，甚至是一段难堪的日子，或许正是那样的遭遇，更能激发一个人的斗志，让自己迸发出更大的力量，并由此书写一段更有意义的人生，让未来的回忆里，有一抹沧桑过后的欣慰。

像自己这样生活

他从小就非常崇拜那些成功人士，读小学时，写过一篇题为《像比尔·盖茨那样进取》的作文，被老师当作范文在课堂上朗读，并赞许他志向高远。

进入大学后，他更是迷恋上那些励志图书，如饥似渴地阅读了大量诸如《像伟人那样思考》《像强者那样行动》《像智者那样探索》《像明星那样经营》之类令自己热血沸腾的书籍，他敬佩一个个古今中外成功人士辉煌的人生，为他们的梦想、奋斗、激情、智慧、执着等所感动，暗暗地将他们当作自己效仿的榜样。

然而，残酷的现实告诉他：尽管他十分认真地像那些成功人士那样思考、那样行动，他始终还是一个普通人，普通得一进入茫茫人海，便立刻没了踪影。

大学毕业后，他辞掉了那份不少人看好的工作，毅然地去做保险推销员。只因《世界上最伟大的推销员》那本书，点燃了他从零开始的激情，他要磨砺意志，渴望在不断地遭遇挫折后，也能够像那位杰出的推销员一样赢得堪称奇迹的成功。

然而，四年艰苦的打拼过后，他并没有拥抱想象的辉煌，依然只是一个整天为温饱忙碌奔波的小人物。

苦恼过，叹息过，焦虑过，不甘碌碌无为的他，又开始了新的奋斗，他借钱投资创业，搞软件开发，做品牌服装代理，炒基金，种植进口花卉……多方尝试，多方探索，似乎每一个成功者走过的路，对他都是很大的激励。既然人家能够成功，为什么自己就不行呢？他骨子里不服输，又接连不断地向新领域闯荡。

结果，十几年过去了，时赚时赔，人到中年的他，仍囊中羞涩。成功，似乎有意在疏远他，难为他。

那年秋天，他回到那个僻远的小山村。家乡已发生了很大的变化，许多年轻人都外出打工了，许多孩子也跟着父母进城了。

村子里多是一些老人、妇女，春种秋收也大多机械化了，几乎没有人再积肥营养土地了,大家更相信化肥的威力,也很少有人再挥锄“汗滴禾下土”了,因为有了便捷的除草剂,一喷洒就基本解决问题了。大家自然地都那么做,因为那样的耕作方式,省时、省力,虽说成本较高,粮食品质较低,对土地的破坏较大,但明显的高产量,却鼓动着大家毫不犹豫地如此选择。

“难道在农村老家,也吃不到真正的绿色食品了?”他有些悲哀地问父亲。

父亲告诉他,只有邻村那个老耿头,种地还像从前一样,养猪养牛,广积农家肥,一车车地运到地里,种地从不买化肥。他还用牛耕地、耙地,还靠人力一锄头、一锄头地除草。只是,他种的粮食产量不高。

他很惊讶老耿头的固执,问其为什么不像别人那样种地?老耿头淡淡一笑,说:“每一个人都有自己的一种活法,为什么要像别人那样呢?我觉得像自己这样种地最好,虽说辛苦一些,收入少一些,但保养了土地,还种出了更益于健康的粮食。”

真的这么简单?他很难想象别人都在图轻松、图多获利的时候,老耿头仍能如此悠然,不为别人的轻松成功所动。

“就这么简单,像自己这样生活,我感觉很知足,也很幸福。”老耿头朴实的话语里透着深刻的哲学意味。

“像自己这样生活。”他轻轻地重复了一句,心田里陡然撒入了一缕阳光。

哦,老耿头说得真好。只要是幸福的,就完全可以像自己这样生活,没有必要去模仿别人,去重复别人的路。更何况,世间的许多成功是无法复制的。

后来,他听说老耿头不盲从他人的种地方式,被记者报道后,受到许多人的关注,很多经销商争相上门订购他的绿色粮食,出的价格也很高,他的收入比那些高产的粮食大户还多了。

有些人也想效仿他,但经过多年掠夺性的耕种,那土地已损害得难遂人愿了。再说了,大家一时也难以建立起像老耿头那样的种地信誉啊……

没错,每个人都可以有许多选择,每个人都有自己的道路,但是,不管怎样虚心学习别人,都千万不要迷失了自己,不要企图把自己变成别人的样子,不要简单地抄袭别人的生活。须知:像自己这样生活,才能准确定位,才能从容、淡定,才能品味到属于自己的幸福。

点评

世间没有完全相同的两片叶子，每个人都应该自信地做自己，不盲目地模仿别人，更不要去抄袭别人的生活。须知：别人的优秀，只可以欣赏，可以学习借鉴，但不能简单地复制，因为自己永远是独一无二的。

90 岁的市长

她是一座拥有70万人口的城市的市长。

早上起来,她先做20分钟的健身操,然后煮咖啡,吃营养早餐。接着,她驾驶自己那辆普通的别克车上班。经过一个街口时,她发现有一个广告牌被昨夜的大风吹歪了,便停下车,打电话通知路政部门赶紧派人来维修。不经意间,她将车停错了位置,一位年轻的警察跑过来进行违章处理,虽然他一眼就认出了她,但还是照章处罚了她,她没有辩解一句,而是心悦诚服地接受了处罚。进了办公室,她立刻打电话给警察署长,由衷地赞扬那位认真负责的警察,并建议对他进行表彰。

上午,她批阅了一大摞文件,又整理了两份材料。然后,开始准备一份讲话稿。这些年来,她始终没有配专职秘书,绝大多数的讲稿,她都坚持自己动手写,不让秘书代劳。她说自己写讲稿,可以最准确地表达自己的思想。

下午,她一个人开车到社区考察。在一个社区大院里,她坐在一张普通的木椅上,与围坐在身边的一群老人交流对新的福利政策的意见。她说话简洁明了,没有一句废话,很多时候,她都在笑眯眯地倾听老人们七嘴八舌的议论,从中获取了不少有益的信息。

接下来,她又去了一家刚转型的企业,向老板咨询了一些经营情况,悉心地记录下一些新信息,并应邀给大家做了一个很有激励性的简短讲演。

下班后,她驱车去市场采购了多种蔬菜和鲜肉。回到家中,她便钻入厨房,开始精心地烹饪美味佳肴,为自己准备一顿丰盛的晚餐。这是她一直保持的习惯,家里从不请厨师,每一顿饭都要亲自下厨。她还喜欢把朋友请到家中,在一番紧张地忙碌后,给朋友献上一份惊讶——她的厨艺真的很棒,尤其是拿手的美味馅饼,堪称一绝。她曾骄傲地说,以后有机会学学北京烤鸭的制作,那里面大有学问呢。

晚饭后，她照例要到附近的社区走走，去图书馆、露天影院、广场、街道……阅读、演讲、唱歌、跳舞、聊天，到处都能见到她熟悉的身影。她说自己特别喜欢参加各类社区活动，因为能够看到、听到、感受到许多办公室里不能知道的民情，能够获得大量鲜活的一手材料，便于自己更好地决策和执政。

这就是加拿大第六大城市密西沙加市市长麦卡利恩女士最日常的一天工作和生活剪影。

如今，麦卡利恩已是 90 岁高龄，她依旧身体健康、思维敏捷、雷厉风行、勤勉敬业。她担任市长 34 年了，密西加沙市呈现出不断繁荣发展的景象，被评为加拿大“最安全的城市”和“最适合人类居住的城市”。

耄耋老人麦卡利恩曾笑称自己是全球最“年轻”的市长。她这样感慨：投身于自己喜爱的工作中，永远葆有一颗年轻的心，努力争取把工作做得好一些，更好一些，还会惊讶地发现，自己的生命里蕴藏着那么丰富的能量，真应该好好地发掘。

点评

年轻不只体现在年龄上，还体现在心态和情怀上，耄耋老人麦卡利恩用实实在在的行动告诉我们：一颗满怀爱意的心，永远不会苍老。千万不要轻易地叹息自己老了，不要给自己找懈怠的借口，满怀热忱地迎接每一缕朝阳，老去的就只有岁月，奋进的人生始终年轻。

那个跟头摔出来的是精彩

那是大一最后一科考试，他前面各科考得都很好，估计拿一等奖学金没问题了，可偏偏在这个节骨眼儿上，一向心地善良的他，犯了一个最不该犯的也是最不值得的错误——他不忍冷落了本班那个秀气的小女孩琳琳热切求助的眼神，忘却了辅导员一再强调的考试纪律，悄悄塞给她一个写满答案的纸条，却没有瞒过监考老师的眼睛，结果他和琳琳成了学校"严肃考纪"的对象，受到最严厉的处罚——被双双开除学籍。

面对那张大红的布告，他呆若木鸡，仿佛整个人只剩了一具空架子，微风拂过，便眼前一黑，一个踉跄摔倒在地。

要知道，能考上这所大学，对他来说是多么不容易。他的家在贫困山区，第一年高考他以两分之差落榜，父亲愁了三天三夜，最后咬牙卖了耕牛，又把他送进了补习班，当他用超乎寻常的刻苦，拿到录取通知书后，一家人只有片刻的兴奋，因为那笔数目并不算大的学费，对他那过于窘迫的家庭来说，也已是个不小的难题。

说什么也不能因为掏不出学费让他这全村第一个大学生失学。村里的干部带头为他捐钱，左邻右舍你二十、他三十地凑足了他第一学期的学费。可以说，他是带着全村父老的殷切期望走进大学校园的。

而现在，他因一时糊涂，酿成了无法弥补的大错。他悔恨得捶胸顿足，泪雨滂沱。

他默默地收拾起简单的行囊，再次依恋地望了一眼他热爱的大学，脚步沉重地在街上游荡着——他好怕回家啊，一想到父母和乡邻们失望而痛苦的目光，他的心便一阵悸动，他实在无颜回去见父母和乡间的亲人。

不知何时，琳琳来到他身旁。这个害了他也害了自己的女孩，这些天来也一直在以泪洗面。事已至此，他也不再怨恨她了。

“你真的不恨我吗?”记不清这是她第十几次这样问他了。

望着泪眼迷蒙的琳琳,他挤出一丝微笑告诉她:“我现在最关心的,是以后该怎样做,跌倒了,我还会爬起来的,希望你也一样。”他竟安慰起她来。

“以后你打算怎么办?”她知道,他几乎再不可能考学了。

“我不想现在把自己被开除的消息告诉家里,先瞒着,暂时留在城里打工,等我打出一片新天地后再说。”他把这个酝酿了两天的想法跟琳琳说了。

“这样最好了。”琳琳赞同他这个无奈中的选择。

于是,他继续留在省城,但不再是那个佩带白底红字校徽的大学生了,而是建筑工地上的一个干活特别玩命的力工。

出了校园,他换上了一套从地摊上花十块钱买来的粗布衣裳,搓搓捧了12年书本的双手,暗暗地告诉自己:跟从前画个句号吧,从现在开始,只有靠自己了,必须咬紧牙关去闯,争取早日闯出一条路来。

他拼命地干活,拼命地挣钱,一边保证生存,一边在积累着创业的资本,设计着自己人生之路。

那个很挑剔的黑胖的老板,对看上去挺干巴、干起活儿来却很像样的他印象不错,干了三个月,就给他加了两次薪。当然,他不知道,晚上他一个人怎样心里流着泪,写信告诉乡下辛勤劳作的父母,说他找了一份很难找的挣钱的活儿,假期不能回去帮家里干活儿了,也不用再给他寄生活费了,他打工挣的钱已足够上学用了。

从这以后,他所有的与家里联系的信,都是委托班上同学帮助收寄的。也就是说,他被学校开除的事,对父母和乡邻瞒了整整三年,可见家里多么穷,几年来,没有一个亲人来学校看过他。

那天,他感冒发烧得很厉害,几个工友都劝他歇一天,别挣钱不要命了。他说没自己那么娇惯,一点儿小毛病,不碍事的。结果,他脑袋发晕,眼前一黑,一个跟头从脚手架上摔了下来。

醒来时,发现胳膊上缠满了纱布,琳琳正坐在床头抹眼泪。他赶紧安慰她:“没事的,只伤了点儿皮肉,过两天就好了。”接着问她跟表姐卖服装的生意怎么样。

她说还不错，每个月都能挣一千多块钱，然后告诉他，她托人帮他找了一份没有危险的活——去报社做校对。

应该感谢琳琳为他找的这份工作，虽说一天下来他累得头晕眼花，挣得也没有当力工多，可是在细细地阅读那一篇篇文章时，他的写作欲望也被撩拨起来。校对之余，他忍不住拿起笔来，开始偷偷地写起文章来。其实，他的文学基础是很不错的，那年高考他的作文接近满分。

当他拿着精心修改了好几遍的第一篇散文，请那位副刊编辑指点时，编辑惊讶地赞叹道："小伙子，文笔很好嘛，多写点儿。"

闻此赞语，他高兴得差点儿跳起来。出了报社，他买来一大摞子稿纸和信封，又从旧物市场弄来一个很破的但能使用的台灯，晚上回到他和那些建筑工友们合租的简陋住处，扔掉饭碗，就一个人躲到角落里，拼命地爬起格子来，常常是一写就写到后半夜，很累也很高兴。他的文章主题大多是有关青春、人生的，常常是用发生在生活中鲜活的事例，生动形象地阐述他对社会、人生和生命的思索与探寻。

他的勤奋很快有了回报，凝聚着心血的文章接连不断地见诸报端，有的还被报刊转载了。一时间，报社内都知道有一个打工的小伙子"文章写得挺好的"。

业余撰稿不仅增加了他的收入，还对他尽快摆脱离开大学校园的那片阴影、走出一条成功之路，产生了重大影响。当他兴奋地将一份份散发着油墨香的样报样刊，寄给他乡下识字不多的父母时，他的心里有了一种如释重负的感觉。

随着知名度的提高，他收到了很多约稿信，这令他更加勤奋不已。两年后，他买回一台二手计算机，辞去了报社的校对工作，开始做起了自由撰稿人。当他怀着崇敬的心情一气呵成的《钢铁是这样炼成的》等纪实作品发表后，捧读来自全国各地的一封封热情赞许的信件，他激动的心情久久不能平静，更加深切地感到自己选择了一条正确的道路。

离开大学校园三年间，他没再向家里要一分钱，还给家里寄了几千块钱，并换了一台品牌计算机，租了条件不错的房子，攒下了近千册的图书。

当他的散文集《飘逸的温馨》被出版社选中，即将出版之际，他的大学同窗们也完成了4年的学习生活，开始告别校园。这时，他也找到了一家接收他的单位，一同遭遇坎坷的琳琳，此时也已是那家国贸城里的一位颇有名气的女老板了。这些年来，他们一直是互相关心、互相鼓励的好朋友，一起憋着劲儿用行动擦去了那份刻骨铭心的耻辱。

至此，他隐瞒了三年多的漂泊经历，也到了该结束的时候。当他风尘仆仆地赶回久违的家乡，满含泪水地站在父母面前，讲述三年来独自一人苦乐相伴的打拼经历时，他的父母只是流着泪，抱怨他不该那样苦了自己，而他终于可以挺起胸膛自豪地告诉人们——青春岁月中，那个跟头摔出来的是精彩……

点评

谁的青春岁月中没有犯过一些过错？谁年轻时没有一点儿荒唐的经历？摔一跤，跌个跟头，也没有什么大不了的，只要不自怨自艾，不消沉下去，而是从跌倒的地方爬起来，擦去泪水，风中亮出自己不屈的旗帜，让时间和事实最终证明自己是无愧于生命的强者。

心灵的皱纹不必抚平

那年，我去湘西旅游。在一个小村里，我看见一位面目安详的老人，坐在一棵老槐树下，微眯着眼睛在打盹。不远处，有两只鸭子正悠然地踱着方步。

我走到老人跟前时，他睁开眼，很随意地问了一句："年轻人，从哪里来呀？"

我告诉他："我来自黑龙江的漠河，一个非常遥远的地方。"

没想到，他竟一语平淡道："那是一个不错的地方，我年轻时去过那里。"

我愕然，瞧他那一副足不出户的神态，谁能想象到他曾去过数千里以外的东北？

老人平静地告诉我："年轻的时候，心思总是被外面的世界牵引着，梦想着走遍祖国的山山水水，兜里面没有钱，就逃票、搭便车，不辞千辛万苦地，去过一些地方。现在老了，待在家里，忽然发现自己生活的这个小山村，也有不错的风景。"

"人老了，您的心态还很年轻啊。"我想安慰老人。

"脸上有皱纹了，心上也有皱纹了，不能再年轻了。"老人的回答大大出乎我的意料。

"有年轻的心态就好。"我读过一些让人保持年轻心态的书籍。

"年轻的心态就一定好吗？老年人就该有老年人的心态，就像这棵老槐树，你能一眼看到它的沧桑，我能感觉到它满怀的沧桑。"老人的瞳仁有些混浊，目光里却透着岁月一样的深邃。

"是啊，老人就应该有老人的心态，为何非要保持年轻的心态呢？"我想起奥地利作家托马斯·贝雷·阿尔德里奇的名言："抚平心灵皱纹，便会青春永驻。"我不由得质疑这句一向喜欢的名言：难道青春永驻就是好的？

没错，每个人都熬不过无限的岁月，都会在心灵上刻下岁月的印痕，那些深深浅浅的皱纹，生动地告诉我们曾经历过怎样的沧桑。不同的年龄里，应该有不同的心态，就像树轮，每一圈都大小不一，形状各异，为何偏偏要执拗地青春永驻呢？

细细想来，生命真的应该如此：顺应时光的安排，既然身体已经老了，心态随之老一点儿，又何妨呢？一个本已苍老的身躯，反倒非要逼着自己保持年轻的心态，那该是一件多么尴尬的事呀？

人生一世，该天真的时候天真，该青春的时候青春，该苍老的时候苍老，感谢岁月馈赠的皱纹，留在身体上的皱纹，和留在心灵上的皱纹，都不必劳神劳力地去抚平，只需平静地接受，就像接受花开花落、云卷云舒一样，自然，洒脱。

点评

脸上的皱纹不需要抚平，心灵的皱纹也不需要抚平。不同的年龄，理应有不同的心怀，刻意追求年轻，不肯承认身心的变老，其实是一种不成熟的表现。就像枝头的叶子，该飘落时就自然地飘落，坦然接受时光留在心灵上的皱纹，淡定从容。

第四辑　明天优秀的你，一定会感谢今天的不将就

你想要的一切，只有你自己给得起。不要安于现状，不要得过且过，更不要给自己寻找偷懒的借口，你明天所有的骄傲，都来自于你今天不懈的打拼，来自于你绝不将就的奋斗。不要叹息眼下的卑微，更不要抱怨命运的不公，只要你肯努力，你也可以书写人生的传奇。

诗人究竟能做什么

几位成功人士在一起聚餐，一位投资商的诗人朋友碰巧来访，组织聚餐的官员客气地说，让他过来与大家认识一下吧。投资商见在座的都是熟人，也没推辞，让朋友打车过来。

在等待诗人到来的间隙，一位房地产大亨有些不屑地说："我从来不读诗歌，那些分行的现代诗歌，我一首也读不懂。"

一位银行高官笑嘻嘻地说："汤总，你能读懂房地产里面的大学问，就很了不起了，根本不需要读懂诗歌。"

众人也纷纷附和，说现在都什么时代了，发财致富才是硬道理，谁还会有闲工夫去琢磨那些缥缈无用的诗歌？虽说每个人内心里都有寻找诗意的渴望，但落实到行动上的却寥寥无几。

诗人姗姗迟来，大家寒暄了几句，继续刚才的话题。那位官员可能是想要活跃一下桌面上的气氛，他先在前面做了一些铺垫，说了一堆恭维诗人的话，说这年头还能坚持写诗，这种淡泊功利的追求，实在令人佩服，但他真的弄不明白，诗人除了能写写诗歌，究竟还能够做什么？

诗人朋友淡然地笑笑："也许你说得很对，诗人有很多事情都不能做。"

"就是的，我认为很多诗人都是精神病，就知道写一些不能赚钱的分行的文字。当然，我这里绝对不是指你啊。"一位服装经销商忽然意识到自己对面坐着的，正是一位诗人。

"没关系的，你也可以这么说我，但我要告诉你，你的观点是错误的。"诗人不卑不亢地回击道。

"那你说说，诗人能做什么？"经销商觉得自己的脸有些挂不住了。

诗人一进屋便闻到了满桌子的俗气，他平静地答道："如果你真的想知道诗人能做什么，那么，我可以直截了当地告诉你，诗人是这个世界上的神。"

众人愕然，以为碰上了更为疯狂的诗人，纷纷把目光投向年轻的诗人。

诗人稍稍停顿了一下，开始娓娓道来："诗人能做你们所能做的所有工作，证券商、投资商、营销商、公务员、教师……当然，诗人做得最好的，就是悉心照料他的诗歌。"

"诗人能够在一片树叶上推敲阳光，能够在一滴露珠里发现春天，能够在一朵凋谢的花中看到不死的灵魂，能够看出一座山很情感很历史，能够看出一条小溪快乐的秘密，而很多俗常的眼睛，只能看到那些东西的形状、颜色、大小等外在的东西。

"诗人能够用最寻常的汉字，组合出让人怦然心动的句子，能够带着人们在刹那间穿越了时空，与世间那些伟大的心灵进行直接对话，能够谛听到上帝才能听到的声音。

"诗人能够弯下腰来，向一株谦卑的小草致意，能够小心翼翼地伸出脚，生怕踩疼了那些雪，能够慈爱地抚摸那头老迈的耕牛，默默地陪它体味那些辛苦耕耘的日子，能够为一只遭到残忍猎杀的海豹愤怒得失眠，能够为海平面悄然升高而大声疾呼。

"诗人能让最柔软的一颗心，因信念的涌注而变得坚强无比；诗人能够让最泥泞的道路，因梦想的指引而变成跋涉者骄傲的旅程；诗人能够守着一无所有的寒室，自豪地宣布天空所有的星星都属于自己。

"诗人能告诉地震中失去家园的母亲，废墟上还有花朵绽开，春天还会走来；诗人能倾听遭遇欠薪的农民工悲苦的诉说，能细密地记录下阳光里的暗影，大胆地指出清水下面涌动的污浊；诗人能为街角那位修鞋的老人，写下温暖一个冬天的诗句；能为重返校园的儿童，送上激励一生的心语。"

"当然，我还可以告诉你，诗人不能做什么。"诗人停顿了一下，看了看餐桌边那些闪着错愕的目光。

"诗人不能失去自我，不能人云亦云地随波逐流，更不能在不公平面前冷漠了心灵，不能在丑恶面前闭上眼睛，不能在痛苦面前喑哑了歌喉，不能在贪欲面前迷失了方向。

"诗人不能停止了思想，不能粗糙了情感，不能放弃了观察，不能迟钝了感受，不能将本该丰富无比的生命历程，变成被物欲紧紧裹挟的忙忙碌碌，不能将本该情趣无限的生活，变成千篇一律的单调乏味。

“诗人不能只关注自我，还要关注大地、天空和海洋，关注遥远的星球和漫长的历史，关注尘世的每一个生命，知道在这个世界上过往的所有人，都与自己息息相关。”

诗人最后激动地说道：“诗人的确很渺小，渺小如一朵山野间无名的小花，但它有自己热爱的天空和大地，有自己钟情的四季，拥抱自己的梦想，绽放自己的美丽。如果非要用一句话来回答诗人到底能做什么，我要说的是——诗人能指出这个世界的美好，并愿意加入那些美好之中……”

片刻的沉默后，掌声响起，满桌的人开始重新打量面前的诗人，开始思考另一个问题——自己究竟能做什么。

点评

带着一份诗意情怀在人间行走，该是一件多么惬意的事情啊。同样，一个富有诗意的写作者，也一定会时常有诗意的发现，会不时地进行诗意的表达。如此，生活充满诗意，写作充满诗意，人生充满诗意。

学会跟自己比赛

凯恩出生在美国俄亥俄州的一个小职员家中。此前,他的父母桑德斯夫妇已经为他生下了两个哥哥和一个姐姐。桑德斯夫妇虽然都是当地冶金公司的普通职员,似乎自己的后半生也不会有什么大的成就,但他们很骄傲——三个孩子都很聪明,学习成绩都很优秀,又各有特长,大家都相信他们将来一定会有出息的。桑德斯曾不无自豪地向邻居们夸口:“我的孩子一个比一个棒,他们都会成为国家的栋梁。”

然而,桑德斯夫妇怎么也没想到——他们的小儿子凯恩,居然一点儿也不像他的哥哥姐姐们。凯恩一生下来就呆头呆脑、笨手笨脚的,做什么都比同龄的孩子要慢半拍。上小学了,凯恩较低的智商进一步显现出来,他不仅比他的哥哥姐姐们当年的表现要差许多,甚至连镇上那几个桑德斯不屑一顾的笨孩子都赶不上。

每当看到凯恩做什么事情总比别的孩子差那么一大截,桑德斯便会急切地批评他:“你的数学不如比特,你的绘画不如玛莎,你的体育不如约翰,你的语言不如弗朗斯……总之,跟别的孩子比,你差得太多了,你要向他们学习,要追赶他们。如果你赶不上他们,真不知道你将来的生活会是多么糟糕。”

凯恩也很苦恼自己不像哥哥姐姐那样聪明,他也曾千方百计地努力过,也曾试过“笨鸟先飞”,但效果总是不大明显,无论他怎样试图把事情做得更好,有时甚至付出了很大的代价,但仍然赶不上别的孩子,他们似乎做什么事情都很轻松,而且做得都那么好。这让他苦恼而无奈,少年的心中蒙上了一层挥之不去的阴影。

在读小学期间,凯恩几乎成了各科老师特别关照的“焦点”,老师们总是不厌其烦地给他选定追赶的对象,焦急地期待他能有所进步。在那几年里,充斥他耳朵的经常是这样的话——凯恩,你跟某某学习学习,看看人家计算得怎么那么快;凯恩,你跟某某比比,人家怎么能把文章写得那么流畅;凯恩,你再努力一下,你跟某某比比,人家成绩怎么提高得那么快;凯恩,你要是能追上某某,你就能够考上大学……诸如此类激励的、批评的、焦虑的、关切的劝导和教诲,陪着他走过了一年又一年,尽管他很卖力地追赶,但他还是几乎在所有的方面都落在别的孩子后面,他仍是令老师们失望的“总也赶不上其他同学”的“最落伍”的那一个。接连不断追赶失败,让他幼小的心灵中弥漫了失败的感伤,他常常呆呆地坐在角落里自责。

凯恩升入中学后,桑德斯带他到纽约找权威医生做了诊断,才知道除了智商偏低外,他还患有动作障碍症。从此,桑德斯夫妇对他不再抱过高的期望,只要凯恩将来能够自食其力,他们就心满意足了。

凯恩在八年级的时候,遇到了影响他一生的杰西卡老师。她出身高贵,毕业于宾夕法尼亚大学,她有着渊博的学识,更有着一颗仁爱、智慧的心,在她的眼里,每个孩子都是一粒饱含希望的种子,都有生长的权利和自由。她从来没有像凯恩的父母和其他老师那样,叫凯恩像别的孩子那样如何如何,总是笑容可掬地鼓励他:“别着急,慢慢来,不用跟别人比,你只要按着自己的方向努力,相信你会一天比一天做得更好的。”

一天,凯恩在数学考试中又成为全班唯一的不及格者。放学后,凯恩难过地找到自己最敬佩的杰西卡老师,不好意思地低垂着头,说:“老师,我太笨啦,我总是比不过别的同学。”

“亲爱的孩子,谁说你笨啦?你这次考试就比过了一个同学,很有进步哇!”杰西卡慈爱地抚摸着凯恩的头。

“我比过了一个同学?”凯恩不解地抬头望着杰西卡老师。

“是的,你这次考了 58 分,比上次多考了 10 分,你这不是超越了自己一次吗?”杰西卡微笑地注视着凯恩的眼睛,告诉他:“孩子,记住——最重要的是要学会跟自己比赛,只要你不停地追赶和超越自己,你就是在不断进步着,你就是可爱、可敬的,你就没有必要自卑地低头。”

“学会跟自己比赛”,凯恩在心中默默地咀嚼着杰西卡老师的赠言,走出教学楼,金色的阳光立刻簇拥了他。刹那间,他的心中仿佛也涌入了一缕明媚的阳光——他茅塞顿开，知道自己这些年来不快乐的原因，就在于他总是在跟别人比赛，总是停留在失败的阴影里，却忘了学会跟自己比赛，忘了学会一天比一天进步一点点，学会享受本属于自己的那份快乐。

桑德斯夫妇十分惊讶地注意到，昔日经常愁眉不展的凯恩，突然间像变成了另外一个人，他每天都昂着头，挺着胸，嘴里吹着快乐的口哨，给人一副命运在握的自信。他学唱歌，虽然依旧常常跑调，可唱得很投入，一副怡然自得的模样；他练长跑，虽然速度还是那么慢腾腾的，但他天天坚持，比哥哥姐姐们还有毅力……

一天，凯恩在家里认真地做他的手工制作课作业——做一个简易的小板凳。他忙活了一整天，弄了满地的刨花、碎木料，才做出了一个很粗糙的小板凳。他的哥哥比特见了，不禁嘲笑道："凯恩，这个世界上恐怕再也找不到比这个更糟糕的板凳了。"

"不，还有比这个更糟糕的。"说着，凯恩从外面拿来另一个板凳，自豪地告诉哥哥："这是我做的第一个，连它也不能算是最糟糕的，因为以前我还不会做呢。"

哥哥哑然，他心里承认凯恩说得有道理。父亲桑德斯走过来，第一次赞扬儿子："孩子，好样的，你确实很棒！告诉我，是谁教会你这样看问题的？"

"是杰西卡，一个世界上最好的老师。"凯恩快乐地向家人讲述了有关杰西卡的事情。

"她真是一个好老师呀！"桑德斯由衷地感叹道。

从此以后，全家再没有一个人说凯恩笨了，他们开始经常对凯恩说的，是这样一句充满激励与赞赏的话——"凯恩，你做得的确比以前更好啦！"

奇迹在慢慢地发生，凯恩的功课不再总是倒数第一，而是在缓缓地提高，虽然不像别的同学那样明显，但他在一点点地进步，却是毋庸置疑的。高中毕业时，他竟接到一张大学的录取通知书。几年的刻苦努力，他虽然没有哥哥姐姐们的学业那么优秀，但他在投资和金融方面，却显示出了较为敏感的眼力，更为重要的是他培养了自己坚韧的品格、顽强的毅力和积极进取的良好心态。25 岁那年，他拥有了自己的房地产公司。此后，他将公司的业务扩展到六个州，建造了上千座高楼大厦，成为身价超亿元的著名的“房产大亨”。最近两年，他又雄心勃勃地进军保险业，并且大有收获。

如今，凯恩耀眼的光环，几乎完全遮住了他很优秀的哥哥姐姐们。

一天，桑德斯又在感慨：“真没有想到哇，当初谁都比不过的凯恩，如今竟获得了这么大的成功。”

凯恩在一旁认真地纠正道：“不！父亲，我当初也能比过一个人，那就是我自己。”

没错，凯恩虽然天赋不佳，但他是一个能够不断地跟自己比赛，不断地追赶和超越自己的人。他的成功，固然与他自己长期不懈的努力密切相关，但还有一点是非常重要的，那就是他遇到了杰西卡老师，遇到了一个引导他走出成长误区的良师。是杰西卡那“学会跟自己比赛”的睿智的点拨，驱散了他心头因一味追赶他人所带来的挫败感和无尽的烦恼，培养了他顽强进取的自信，让他一点点地走向了人生的成功……

点评

生活当中，我们常常看到有些人在一味地追赶着别人，竭尽全力地想做成别人那样的人，在与别人疲于奔命般的比赛中，迷失了自己应有的方向，甚至忘却了自己真正想要的东西，那样的自我丧失，实在是人生的一种悲哀，应当引以为戒。

必须吞下那份苦

那个秋天，经过几番严格的考核，计算机专业毕业的阿基和另外3名高才生，如愿地走进了坐落在硅谷的一家著名的科技公司总部。

然而，报到的第一天，他们便惊愕了——人事部经理一脸平静地通知他们，去清扫整栋大楼所有的卫生间。

当弄清楚这一安排准确无误后，一名博士生觉得受了侮辱，当即愤然摔门而去。阿基和另外两个满腹才学的受聘者，尽管装了一肚子的困惑和不满，还是找到了那位即将退休的、负责整栋楼卫生的约翰老人，从老人那里领了工具，开始逐一地清扫大楼内的51个卫生间。

偏偏那个约翰老人又特别认真，3个平素习惯了脑力劳动的年轻人，尽管累得气喘吁吁，他仍毫不同情地一再批评他们干得不好，一再让他们返工，非得让他们绣花似的把一个个卫生间弄得干干净净。

一个月过去了，一个年轻人受不了辛苦和批评，拿着极低的薪水，嘟囔着离开了那栋聚集智慧与财富的大楼，去了一家计算机公司。

阿基和另一个叫迈克的小伙子又接着干了10多天，仍未见到公司任何人来过问他们，给他们安排新的工作。迈克带着失望，结束了自己的“廉价劳动生涯”，跳槽进了另一家大公司，做了技术人员。

奇怪的是，人已走了3个，公司却不再增补，原来要3个人干的活儿，现在全压在了阿基身上。尽管他累得几乎要虚脱了，可他仍咬牙坚持着。约翰老人曾不解地几次问他：“小伙子，你想一辈子在这里打扫卫生间吗？”

阿基摇头说：“当然不会，但我相信这份工作是必要的。”

约翰老人看着阿基一脸的坚定，没再说什么，这是他多年来所遇到的最有韧性、最能吃苦的一个小伙子。

清扫了整整100天的卫生间后，阿基接到公司的重大任命——去渥太华任公司在海外最大分公司的 CEO。这时，阿基微微一笑，仿佛一切都在他的意料之中。而他的坚韧与果决，很快就在工作中显现出来，让任命他的总裁很满意自己的眼力。

数年后，当年与阿基同时应聘的那 3 名高才生，虽然都找到了一份不错的工作，都衣食无忧，但业绩均是平平，唯有阿基才华尽展，很快坐到了该公司副总裁的位置上。在麻省理工学院的一次演讲中，阿基用了这样一个简单而让人深思的题目——吞下一份苦。

在每个人生命的旅途上，经常会遇到许多甜的诱惑和许多苦的阻拦。获取渊博的才识，拥有辉煌的业绩，找到幸福的生活等，都需要吞下许许多多的苦。同样，抓住擦肩而过的一个机遇，也需要吞下一份苦。

吞下一份苦，不仅体现出一种坚韧的品性，还折射出一种人生智慧。吞下一份苦，就是暂时忘却那份诱惑目光的甜，就是把开阔的视野投向远方那大块的甜。所谓的“吃得苦中苦，方得甜中甜”，就是对此所做的最通俗的解释。

不肯吞下眼前的一份苦，失去的可能不只是前面的一块甜。现实生活中，有很多的急功近利者，他们当初不愿意吃一点点的苦，结果却是频频地吃苦，甚至吃到了一生懊悔不已的大苦。愿阿基的故事能给我们一个清醒的提示。

点评

先吞下一份苦，才会品尝到多份甜。不能隐忍眼前的不如意，便不能尽情地品味来日的欢欣。写作也是如此，唯有放远目光，坐住冷板凳，耐住寂寞，多下一些苦功夫，才能有理想的收获。

刻骨铭心的 2 分

那年,他距重点中学的录取分数线只差 3 分,一位开煤矿的远房舅舅慷慨地为他掏了两年的学费,让他成了一名自费生。他格外珍惜那来之不易的读书机会,学习异常刻苦,成绩提高得也很快,高一时他最好的成绩已在班级排在第 15 名。

正当他信心满满地向前 10 名奋力冲刺时,不幸接连降临,先是父亲在采石场打工时不慎被一块飞落的石头砸断了两根肋骨,从此再不能干重活,为治病还欠了不少钱。接着,那位好心的舅舅的煤矿出了事故,他为死伤者赔付了一大笔钱,煤矿也被关了。自然地,他的学费也没有了着落。

眼看就要开学了,家里连他最低的生活费都拿不出来了,父亲叹息着念叨起令他心酸的家境,让他辍学回来帮他撑起这个家。他哭着请求父亲让他读完高中,他保证考上大学,以后会为家里挣更多的钱。

父亲勉强同意了,但给他出了一个难题——他得自己去筹措学费。他跑了好多亲戚家,说了无数的好话,掉了无数的眼泪,终于借够了高二学年的学费。父亲又卖了一些口粮,给他兜里揣了 80 块钱的生活费,让他开始了高二的学习生活。

这时,他的压力更大了,生怕自己学习落伍,对不住家人和亲朋。他拼命地学习,是班级里每天起得最早、睡得最晚的一个,几乎把所有的时间都用在了学习上。他的勤奋,很快有了回报,高二上学期期末考试,他的总分排在了第 6 名。班主任老师在表扬他的同时,又告诉了他一个好消息——如果他能够在期末考进前两名,学校就将免去他高三学年的全部学费。

老师的话令他激动不已,他心里暗暗地告诫自己——必须要冲进前两名,免去那笔如山一样沉重的学费。于是,他更用功了,几乎到了疯狂的地步。直到考试前一天晚上,虽说他已很有信心能够考好,但还是看书看到很晚才休息,因为这次期末考试对他来说实在是太重要了。

紧张而激动的考试刚一结束,他便急切地向各科老师问考试的结果。他的几门主科答得都比较好,但最拿手的政治却发挥失常,比预计的少得了10分,7门功课的总分他排在了第三名,比第二名的王强只差1分,就差语文分数没出来了。这时,他的心都悬到了嗓子眼儿,他怕语文成绩一向突出的王强超过他,那样他就……他实在不敢再往下想了,晚上忐忑不安地来到了教语文的于老师家中。

于老师见到他,高兴地告诉他:“你考得还不错,就是作文写得有一点儿偏题。”

听了于老师的话,他心里更慌了,急切地打听王强的分数,当于老师报出他和他一样的分数时,他几乎立刻晕了过去,两眼呆呆地望着于老师,痛苦地呢喃着:“完了,完了,一切都完了,我恐怕支撑不到高考了。”

于老师惊愕地追问他究竟是怎么一回事,他的眼泪唰的一下便汹涌而出,他哭泣着向于老师倾诉了他那贫寒的家境、他异常的勤奋和他那至关重要的希望……

于老师听着他的哭诉,面带同情,久久地默默无语。

忽然,一个大胆的念头闪过他的脑海,他猛地跪到于老师面前,热切地恳求道:“于老师,求求您,求您一定帮帮我,借给我2分,我以后会加倍补偿的。”

“借给你2分?怎么借?”于老师不解地拉起他。

“就是您给我的作文多批2分,那样我的总分就可以超过王强,而且家境宽裕、性格开朗的他,根本不会在意这次考试的名次,但那对于我来说却意义非同寻常……”

于老师眉头紧锁地踌躇了几分钟,然后郑重地对他说:“那得有一个前提条件,我才可以考虑借给你2分。”

“于老师,只要您这次借给我2分,我答应您的任何条件。”他激动地说。

“那好,以后你保证每次语文考试都要拿第一名,否则,我就在你正常的得分上减去10分,算是对你这次借分的加倍补偿。”于老师向他提出了一个近乎苛刻的要求。

“我保证今后更刻苦地学习语文，不辜负老师的期望。”他大声地向于老师承诺。

因为于老师的暗中“关照”，他不仅如愿地被减免了学费，还被评为省“三好学生”，学校还发给他200元奖金。握着那几乎够他一学期生活费的奖金，片刻的兴奋后，他心里涌起一缕缕的愧疚，但他无法说出来，只是默默地告诫自己——一定要努力再努力，对得起学校和老师对他的关照和鼓励……

有了无形的动力和压力的他，把学习的勤奋可以说是发挥到了极致，尤其是对于语文这门功课，他投入了更多的精力，成绩明显地提高，高三学年大大小小的几十次考试，他的语文稳稳地占据着班级第一名，仅有一次考了第二名，被于老师毫不客气地“惩罚”了10分。

最终，在那年的高考中，他考出了全校第一名的优异成绩，作文还得了满分。填报志愿时，他没有选择北大、清华这样的名牌高校，而是毅然地在所有的志愿栏目里都填上了带“师范”字样的大学。

临上大学前，他满怀感激地再次向于老师致以深深的谢意，他真诚地说：“如果没有于老师当初借给我的那2分，我绝对不会有今天这样的成绩。”

于老师慈爱地笑了：“你是我第一次‘借给’分数的同学，事实证明我做对了，当初是因为相信你会做得很优秀，所以我才愿意助你一臂之力……”

当他向已考上复旦大学的王强讲起那次借分的经历时，王强非但没有丝毫怪罪之意，反而有些懊悔地说：“你要是早点儿告诉我，我故意答错一道题不就行了，我不知道那对我其实并不重要的排名，却可以改变你一生的命运呢。”

再后来，他也成了一名让学生喜欢的语文老师。他在认真教书育人之余不辍笔耕，几年间，在各类报刊上发表了千余篇倍受读者欢迎的文章。当他的第一本情感美文集《与心灵说话》出版后，他立刻想到了于老师，想到了他曾借给他的那无比珍贵的2分，想到他那求学生涯中的许多难以忘怀的情节……

一天，当他把这段往事讲给他十分敬重的一位老教授时，老教授感慨地说：“这真是一件值得回味的教育逸事，你遇到了一位好老师，他也遇到了一位好学生。你因为老师的勉励取得了更大的成功，老师因为自己的爱心，拥有了远远超出分数以外的巨大收获。”

老教授的话不无道理，于老师当年似乎举手之劳地借给他的那 2 分，改变的绝不仅仅是他一个人一生的走向，它饱含的内容实在是很多很多……

点评

在一个善意的举动中，藏着浓浓的爱意，藏着深深的情怀，更藏着高明的教育智慧。非常欣赏文中这位于老师聪明的选择，透过那样一件寻常小事，我们能够感受到“教书育人”绝不是一件简单的事情，需要襟怀，更需要智慧。

有些事情不去做就是在行善

一个小区要评选一位“最佳居民”，准备予以重奖。小区的居民们积极踊跃地参与评选活动，大家纷纷地推荐自己心目中的候选人，并热情地提出了许多评比建议，把持续一个多月的评选过程搞得热烈而隆重。

最终的结果出来了，当选首届小区“最佳居民”的是年近七旬的刘秀英老人。老人以无可争议的高票当选的理由是什么？居民们为什么会将选票投给一位始终普普通通的老人？闻讯赶来的晚报记者经过数日采访，也没有挖掘到老人特别突出的“业绩”，只是向人们展示了老人点点滴滴的琐屑小事，而那些小事在一些人眼里似乎根本算不了什么，说白了，老人也只不过是在生活中，没有去做某些事情而已，比如——

老人从来不在清洁工每天清扫小区之后去扔垃圾袋。她总是赶在清洁工清理之前把垃圾袋系得好好的，放在小区的垃圾箱里，从来不放在楼道口或单元门口，免得污染了周围的空气。尽管有很多居民都习惯了那样做，清洁工们也习惯了那样挨家挨户地去收垃圾。

老人从来不在小区的健身器材上晾晒衣物，虽然她就住在一楼，对着窗户就能看到很多人晾晒的花花绿绿的东西，可她宁愿多花一些时间，把衣物晾晒在自家那光照并不充裕的阳台上，也不去图自己一时的方便。

老人从来不愿意看到那些宠物狗在小区的草坪里便溺，她常常手里拿着方便袋在小区里面转悠，看到有宠物的排泄物就弯腰拾起，走很远一段路扔到公共厕所里面。不少牵着宠物溜达的人，看到她的举动，渐渐开始自觉地照看好自家的宝贝，不让它们给自己丢脸。

老人从来不浪费一度电、一粒米、一滴水，她多次自豪地向邻居们介绍自己的节水秘方，讲自己怎样用一盆水淘米、洗菜、刷碗、冲马桶，每月的水费和电费都用到最节省的地步。不少人知道她节省得近乎“吝啬”，却很少知道她每年都要将省吃俭用结余的钱,捐给素不相识的贫困学生。

老人从来不随手扔废旧电子产品,她自己钉了一个小木箱,放在小区里一个方便的位置,收集各种废旧电池、充值卡和手机卡等,定期地将那些废旧电池送到专门的处理站,而那些至今仍没有找到最好去处的各类磁卡,仍存放在她狭窄的小屋里,她说自己先保管着,总有一天会给它们找到合适的地方。

没错,刘秀英老人就是我们每个人生活中都会碰到的那样一位普普通通的居民,平凡得如一株毫不起眼的小草,简单得如一枚随处可见的石子,她一生都没有做过什么惊天动地的大事,甚至没有做过什么特别的事情。然而,就在她始终坚持不懈的那许许多多"从来不"中,我们会蓦然发现:在生活中,有很多的事情,不去做,就是在行善,而能够一直坚持不去做某些事情,简直就是在行大善。

点评

有些"不做"恰恰是真正的"做"。一位普通老人点点滴滴的善,让我们看到,行善是一件很简单的事情,举手之劳,随时随地都可以做到。本文采用聚合式的构思,围绕一个鲜明的主题,将诸多琐屑材料聚拢起来,达到了"形散神聚"的表达效果。

天使是老师的样子

我支教的学校是一个异常干旱的山区，到处是裸露的山岩，难得看到几抹绿色。村里的男人几乎都出去打工了，女人也出去了大半，留守的只有老人和孩子。村里有一所小学校，破败不堪，除了一个跛脚的老教师，其他的人忍受不了这里生活的艰难和收入的微薄，都陆续地离开了。

我这个来自大城市的漂亮的大学生刚一进村子，就听到有人大声地打赌，嚷着说我肯定不会待在这里超过三个月。的确，村里的教学和生活环境，都远远地超出了我的想象，如果不是亲历，实在难以相信，在21世纪的今天，在西部还有那样闭塞、落后的地方，连辛苦收集来的发霉的雨水，都那么珍贵。我想洗一次澡，需要花费一天多的时间，转三次车，赶到几百里外的县城，才能找到一个浴所。

我教三、四两个年级的语文课，学生的基础差得叫人触目惊心，许多学生连拼音都不会，错别字随处可见，一个简单的造句，也会语病百出。因为老师来来走走，学生们总是时断时续地上课，所学的东西都快遗忘干净了，一些学生对学习也没了兴趣。

我教的班上有一个叫望富的学生，他是一个非常懂事的男孩，学习刻苦，成绩最好。每当课堂上有学生调皮，他都会站起来帮我管住。我问他的理想是什么，他说要做一个像我这样的好老师。我说自己还算不上一个好老师，他说能在这么艰苦的地方呆住的就是好老师。

望富的家离学校非常远。我问他到学校的路途有多远，他说不上来，只说如果跑着走，最少需要两个多钟头。望富的回答激起了我要一探究竟的好奇。周末放学时，我提出要与望富一同回家，去做一次家访。

望富惊恐地阻拦我："老师，你别去了，太远了，路还不好走，会累着你的。"

"没事儿的，老师不是那么娇惯的，我在大学里还是长跑运动员呢。再说了，你不是每天都要往返于学校和家之间吗?”

我换好了一双轻便的旅游鞋。刚一出校门,望富便从帆布缝制的书兜里掏出一双草鞋快速地换上,我愕然地发现他没有穿袜子,只是在脚上缠了两条布带。他羞涩地告诉我,山路崎岖,很费鞋的,他穿的草鞋是自己编的,布带是捡来的。

我和望富边走边说,不知不觉三个小时过去了,我的双腿已酸涩得迈不动了,天色也已暗了下来,还没到他的家。我问他还有多远,他说快走还得半个小时吧。好不容易走到望富家,一下子坐到他家门口的石凳上,我累得再也站不起身来了。很快,望富端来了半盆热水,让我赶紧泡泡脚。

我先洗了脸,又叫望富也过来洗洗,并把随手带的一块香皂递给他,他把香皂放到鼻前贪婪地闻了闻,说了声“好香”,却没舍得用,而是叫过妹妹也来闻闻。看到他们那样爱不释手,我就送给了你们,两个孩子连连道谢,脸上是一览无余的欢喜。

我脱下磨了两个洞的袜子,舒坦地泡了脚。我起身要将泡脚水浇到院子里的花坛中,望富却宝贝似的端到一旁,让患了白内障的奶奶坐下来,慢慢地帮着奶奶洗脚,看到奶奶那副很享受的样子,我的心里暖暖的,只想落泪。接着,望富又让妹妹过来洗了脚。那盆水已经很混浊了,望富才把双脚放进去,他说真的要感谢我,让他和奶奶、妹妹都借光洗了一次脚。

晚饭是望富和妹妹一起做的:小米干饭,一盘炒蕨菜,一小碗炒鸡蛋,还有一小碗萝卜咸菜。望富不停地往我碗里夹鸡蛋,他的筷子却总是瞄着萝卜咸菜。

这时,我才知道,望富家是村子里最穷的一家,母亲是得了肝腹水去年去世的,父亲长年在外面打工,妹妹已辍学在家两年多了,他是靠希望工程的捐助才返回校园的。

回到学校,我在书信中向远方都市里的同学们讲述了支教学校的情况。很快,同学们捐献的衣物、书籍等,便从四面八方邮寄到学校里,有一位中央大报的记者还专程来采访了一次,图文并茂地报道过后,又引来很多热心人的关注和帮助,其中,帮助最大的是,有人出资帮村子里和学校各打了一口深水井,基本上解决了饮水难的大问题。

我不过是做了一点点举手之劳的小事，但很多学生和家长都感激地称我是美丽的天使。

望富的妹妹又上学了，她洗得干干净净的笑脸上，散着淡淡的皂香味。下了课，她就趴在办公室的门口，目不转睛地盯着我看，一次又一次，我看到了，她就跑开了。没多久，她又在盯着我看。

当我好奇地问她为什么总是看我。她仰起天真的笑脸，告诉我："老师，我不知道美丽的天使是什么样子，可我相信，天使一定和老师是一样的。所以，我看着老师，就是看着美丽的天使。"

我激动地把她揽到怀里，轻轻地摩挲着她的小辫，眼角一阵灼热。

点评

天使就在人间，只要你拥有一颗仁爱的心，懂得时时地播撒爱意，你也是令人赞叹的天使。在一个人成长的历程上，能够遇见德才兼备的老师，是非常幸运的，或许只是老师的一言一行，便可以给自己的人生带来无比美好的影响。

相信你也拥有一份独特的美丽

刚考入大学那会儿，他感到自己实在是差劲儿透了——个子很矮，相貌几乎可以用丑陋来形容，性格木讷，在众人面前不敢说话，一开口就脸红，学习成绩也不好，尤其是英语，可能是班上最差的一个了。每每看到别的同学口若悬河地讲述着天南海北的趣闻逸事，便常恨自己孤陋寡闻；每每看到别的同学写得一手好字或好文章，更是羡慕不已；运动场上，也没有他活跃的身影。除了喜欢偷偷地写一些拿不出手的诗歌，和他那些优秀的同学相比，他实在找不出自己哪怕是很小的优点。

于是，原本就很自卑的他，更加自卑了。虽说同学们对他并没有流露出丝毫的歧视，可他还是愿意独来独往，不喜欢跟同学们在一起。他最好的朋友是书籍，他把更多的时间交给了图书馆，交给了教室，只有徜徉在那些精美的文字中间，他才能找回一些自信。

大学生活中的第一个元旦来临了，同学们都在高高兴兴地准备着晚上的联欢会，他却跑到街上转了整整一天。天黑了，他还不想回学校，害怕那种热闹的场合，害怕自己丢人现眼。沿着长街，一个人慢慢地朝前挪着如铅的双腿。寒风中飘着星星点点的雪花，他愈加感到有种说不出的寒冷，心压抑得如一片巨大的阴云。

刚回到宿舍，班级的文艺委员于燕就来了。她是他们年级最漂亮的女孩，能歌善舞，学习也好，性格开朗，待人热情。若形容她是白天鹅，那他连丑小鸭都算不上。见到他，她笑着说："大诗人，你藏到哪里准备节目去了？快走，大家正在班级里等着你出节目呢。"

他赶紧撒谎自己身体不舒服，不想去了。于燕说："这可是我们大学里的第一个元旦啊，终生难忘呀。"说着，目光中充满期盼地望他，他的脸又红了。

"走吧，你肯定不会让大家因缺你一个而感到遗憾的。"说着，她拉起他的手就走。

被于燕牵着走进教室，同学们向他报以热烈的掌声。像约好了似的，没有一个人问他为何迟到，只是争着把苹果、香蕉、糖等一股脑地堆到他面前。那一刻，他的眼泪不争气地流出来，他赶紧擦去。

“下面请我们班诗人给大家表演一个节目。”于燕的话音一落，大家便使劲儿地鼓掌。他站起来，讷讷道：“我……我……我真没什么给大家表演的……”

“云海，来一个，来一个。”同学们大声地喊着，他看见于燕正微笑着朝他点头，那充满勉励的目光在示意他，别让大家失望。

于是，在大家鼓励的掌声中，他开始朗诵自己刚写的一首短诗。这是第一次在大庭广众下朗诵，他紧张得磕磕巴巴，很熟悉的一首小诗，让他读得一点儿美感都没有了，可是同学们还是很慷慨地赠予他热烈的掌声。于燕还真诚地说：“不错，真的不错，让我们预祝云海成为未来的大诗人。”她的话音未落，大家又是一阵啪啪的掌声。

接下来，是同学之间互赠礼物，由前20号抽签，和后20号互赠。他拈出一张签，“哦，31号——于燕。”班长大声宣布道。于燕走过来，笑道：“很荣幸和未来的诗人交换礼物，送你一个日记本，愿它能记下你的梦想。”接过那个很精致的蓝封皮日记本，他回赠给她一本席慕蓉的诗集。

于燕忽然想起了什么似的，拿过她刚递给他的日记本，坐到一边，拿笔在上面飞快地写起来，并告诉他回去再看。

热闹的元旦联欢晚会结束了，回到宿舍，他赶紧翻开于燕送的日记本，扉页上是这样几句赠言——“仰起头来，你和大家一样，没有什么可自卑的，要相信，其实你也拥有一道美丽的风景。”

默默地品味这几句话，他想起了一位名人曾这样说过——“每个人都应当记住，你所拥有的独特优秀，是别人永远无法替代的。”是啊，纵然自己在很多方面不如他人，也没有理由自卑，至少他还能发现自己的不足。那么，现在最重要的，是努力美丽属于自己的独特的风景。

此后的日子里，他仰起头来，自信地面对众人，像于燕说的那样，在心里告诉自己：和别人一样，我也拥有一份美丽。

此后，他像换了个人似的，一切都变得轻松起来，许多原以为自己做不了的事，认真地去做，居然也做得有模有样。他蓦然发觉：原来自己并非想象的那样一无是处，相反，自己还有着很多优点呢。

后来，一向笨嘴笨舌的他，经过一番锻炼，竟以出色的口才当选了学校演讲协会会长，他的文章也纷纷地见诸报端，他结交了全国各地很多笔友，还被好几家报刊聘为特约撰稿人。面对一项项喜人的成绩，他更加感激于燕同学的赠言——相信自己也拥有一份美丽的风景。

点评

自卑者总是盯着自己身上的不足，并刻意地放大那些不足，殊不知自己也拥有一些值得骄傲的独特的优秀，完全应该自信地仰起头来，告诉自己——别人的优秀是让我们学习的，但不是令我们自卑的，更没有必要因此而悲观、消沉。

沉重的十块钱

要是他的生日在寒暑假里，那该有多好哇。

可他的生日偏偏在开学后的第二个星期，这时候每个同学的兜里都揣着不少钱，即使像他这样的贫困户，也有两个月的生活费。

他们寝室早已有了不成文的规定，谁过生日都得请大家到饭店吃一顿，他已逃过两次了，在中专读书的最后一个生日恐怕躲不过去了。因为大家从开学那天起，就在念叨着，就已经开始了倒计时。

那天早上，咬咬牙，他故作潇洒地一挥手，宣布晚上带全寝室的哥们儿去那家酒楼大餐了一次，他的兄弟们“乌拉”地叫喊着，像中了大奖似的，全然不顾他心里有多么难过。

晚上，八个人围着一桌丰盛的菜肴，举杯畅饮。看着大家痛快地帮他把两个月的生活费轻松地消灭掉，他心里一边暗骂着这些好吃好喝的室友，一边为自己寒酸的家境伤感。

也许是心情抑郁的缘故，没几杯酒下肚，他便开始有些头晕。等大家喝到高潮，有人提议去歌厅唱一会儿歌，他当时恨不得使劲儿踹一脚那个提议者，因为他兜里的钱实在不多了。

可他最后还是跟着大家进了舞厅。等往学校走的时候，他的钱已花得只剩下几块零钱了。

第二天早上，醒过酒来，摸摸干瘪的口袋，他开始有些懊悔自己昨晚不该那样逞能，可钱已花出去，没法再追回来了，他只能琢磨怎样把眼下的日子熬过去。他不想立刻向同学们借钱，怕大家会因此更瞧不起他。

忽然，他想到父亲刚刚来到他读书的城市打工，也许……他忐忑不安地来到那个搬家公司。不巧，父亲出去干活了，等了一个多小时，父亲仍没有回来，他的肚子已经饿了。在马路边，他看到两个啃着干粮焦急地等着被雇去搬家的乡下人，他们竟有点儿羡慕地说他父亲今天找到活儿了，并告诉了他父亲干活的具体地点。

倒了两次车，顶着炎炎烈日，他拖着沉重的脚步，七拐八拐，终于来到一个新建的住宅小区。

他快步走近那栋楼，看到父亲正背着一台冰箱小心翼翼一点点地慢慢挪动着上楼，父亲瘦弱的身子好像背负着一座大山，压得他几乎佝偻成了直角。他过去想要帮父亲一把，父亲喊住他，不让他插手，怕他掌握不好平衡，碰坏了人家的冰箱。

从坐在车上的司机口中，他得知父亲和另外两名搬运工，花了整整一上午的时间，从另一个七楼，把两货车大大小小的东西搬了下来，再一趟趟地扛上这个七楼。平均每个人得上下五十多次，还得保证不碰坏雇主一点儿东西，才能拿到十块钱的报酬……

待父亲从楼上走下来时，他看见他的上衣全都被汗水湿透，头发湿漉漉的，像是刚刚洗过一样散着热气，嘴里呼呼地喘着粗气。

看到已经五十出头的父亲，还要干那种许多年轻人都吃不消的繁重的体力活儿，而他……一想到在来时路上，他精心编好的向父亲要钱的堂皇的理由，他感到自己的脸似被猛地抽了一巴掌，火辣辣的。他垂着头，没有回答父亲问他为什么来找他，只说了一句来看看父亲，便转身跑开了。听到父亲在身后喊他，可他不敢回头，他的眼泪已经模糊了双眼。

傍晚，当他心情沉重地回到寝室时，同寝的一位同学交给他一张揉搓得有点儿皱巴的十元钞票，说是他父亲下午送来的，父亲还让那位同学转告他——要吃饱饭，别着急，他明天还有活儿，还能给他挣钱……

攥着那浸着汗水的十块钱，他禁不住放声大哭，同寝室的同学惊诧地望着他，不知究竟发生了什么事情。

后来他才知道——在那个劳动力严重过剩的城市里，像父亲这样没什么技艺的农村来的打工者，即使找一份那样出苦力的活儿，也是相当不容易的，那十元钱是父亲来到这个城市挣下的第一笔钱。为了省下五毛钱的公共汽车票，干了一上午重活儿的父亲，硬是走了半个多小时的路才匆忙赶来。父亲猜想他肯定是兜里没钱了，才去找他的。

不久，他找了一份家教，边打工边上学。从那以后，他学习特别刻苦，每学期都拿一等奖学金，生活极其节俭，再也没有胡乱花过一分钱。

父亲那天亲自送来的那十块钱，他一直没有花，一直放在贴胸口的内衣兜里，因为那是在他成长的岁月中，父亲送给他的一份沉重而珍贵的礼物。每当看到它，他就仿佛看到了父亲那双关切的眼睛，那里面藏着只有他才能读懂的深邃的内容……

点评

还清晰地记得朋友跟我讲述那十块钱的故事时，他眼睛里闪烁的晶莹，记得我攥紧他的手时，我内心汹涌的感动。那位言语不多的父亲，向我们传递的不单单是深沉的父爱，还有艰辛的生活中执着打拼的坚韧……

尚奶奶的小说

朋友办了一所文化学校，邀我每个周末去给一个作文辅导班上课。

第一次上课，我就惊讶地发现教室最后一排坐着一位满头银发的老奶奶，她很认真地听课、做笔记。课间休息时，我走到她跟前与她聊了起来。

她叫尚贵芝，今年已经80岁了。我好奇地问她，为什么这么大年纪还和一群中学生一起听课。她笑着回答"因为喜欢"，说着，她从随身携带的帆布书包里拿出一沓打印好的文稿，告诉我那是她刚写的小说，她请我回去有时间帮她看看，给她提一些修改意见。

我问尚奶奶以前是否写过东西，她说这是第一次写东西，她小时候就特别羡慕那些会写作的人，能够写出让人喜欢的文章，是她一直藏在心头的梦想。只是因为生活坎坷，她读书的机会极少，写作基础太薄弱，一直没敢动笔，直到那天她在报纸上看到一位85岁才开始写作的英国老人的故事，她才鼓起了勇气。

回到家中，我细细地翻看尚奶奶的小说。坦率地说，她所写的不过是一些"流水账"式的生活实录，缺乏必要的艺术提炼、加工和剪裁，虽然其中不乏一些精彩的故事，也有一些感人的细节，但她的写作素养实在太一般了，小说的不成功之处非常明显。

再次去上课时，我把小说稿还给尚奶奶，给了她一点点鼓励后，我就直言不讳地谈了自己的读后感。没有想到，她竟一边不停地向我致谢，一边非常认真地在本子上记录我的意见。看到她那满脸的虔诚，我有些感动，便好意地建议她："尚奶奶，您不妨先写一些短篇的东西，比如短小的叙事散文或者微型小说。"

"我知道自己还不具备写出成功小说的能力，你的建议也有一定的道理，可是，属于我的时间不多了，我更想写一部长篇小说。"她感到了时不我待。

随着交流的深入，我渐渐知道了尚奶奶的一些生活经历：她只读过三年的小学，11岁便失去了父母，16岁嫁给了一个铁路工人，21岁守寡，拉扯着一儿一女熬了5年,再嫁了一个有三个儿子的农民。她拼死拼活地劳作,仍填不饱一家人的肚子。最困难的时候,家里好几天连一粒熬粥的米也没有,她偷偷地从生产队的马棚里拿了一小块豆饼,结果被发现,被游街示众,若不是放心不下那几个需要她养活的孩子,她真想一头跳进村头那个深池塘。再后来,她供养儿女读书、工作、成家,又帮助他们照看孩子,一生都在忙忙碌碌中度过。直到孙子和外孙们都上了大学,她才恍然发现:有一个心愿仍在心头萦绕着,挥之不去。

于是,当她偶尔听到邻居家小男孩说自己在上作文辅导课,便毅然前来报名参加学习。我的朋友要免她的学费,她坚决不肯。她说现在条件好了,她也有时间了,真想好好学点儿东西,真想把那部小说写好。

“您的生活经历本身就是一部内容丰富的小说。”我突然意识到,尚奶奶的写作,早已没了丝毫的功利色彩,只有一份真性情的自然抒发。

“我也觉得我的生活挺像小说的,应该把它写出来,可我的写作能力实在太有限了。”尚奶奶不无遗憾道。

我感动地想,尚奶奶,即使您的小说最终也没能写成功,但您依然令人钦佩。因为您不仅把一个美好的梦想保持了几十年,在暮年仍为梦想的实现实实在在地努力着。而这些,都是值得我辈和更年轻的人们好好学习的。

点评

永远不要说“太晚了,来不及了”,只要你愿意做,什么时候开始都不晚。尚奶奶的小说也许最终也写不好,但她已经把梦托在了自己的手上,在欣然地圆着自己萦绕于心头已久的梦想,而这就足以令人心生敬佩,为她献上赞叹的掌声。

行走，只为心灵的召唤

在通往呼伦贝尔大草原的一条公路上，他独自风尘仆仆的背影格外引人注目。

他的父母都是黑龙江省的一个边陲小镇上的教师，他们曾在心底悄悄地设想过他未来的种种人生蓝图，就是没有想到，他从北京大学一毕业，便一个人背着简单的行囊上路了。

他要做一个徒步旅行者，计划着先徒步走完整个中国的版图，再去穿越世界五大洲。

此时，他的那些被人们视为精英的同学们，要么在国内外的名校里继续深造，要么进入官场、商场，要么自立门户、自主创业，每个人都踌躇满志，都在以各种方式向世人展示自己非凡的抱负和业绩。

唯有一向品学兼优的他，在人们困惑的目光里，选择了一个人孤独而执着地行走。

盛夏，穿行于大兴安岭茂密的山林间，他的脸被一种毒蚊子叮咬，肿得骇人，半个多月了，还在流脓水。

深秋的夜晚，在辽北一片空寂的荒原上，他遭遇了 4 只野狼的尾追，幸好后来碰上了两位赶路的农民。

突如其来的风雨，狂烈的沙尘暴，酷热的阳光，泥泞的山路，凶险莫测的沼泽，不时遇到的蛇虫，经常在前不着村、后不着店的野外露宿……无法想象的各种艰难一直伴随着他的行程。

可是，他丝毫没有后悔自己的选择，他坚定的步履一直向前，向前，向前……

他用手中的笔向人们描述沿途看到的迷人景象：一株屹立的千年的老榆树，躯干上有一个可以容纳三个人睡觉的大洞；用五大连池黑黑的火山泥一遍遍揉搓，竟让一位年近六旬的老者生出了黑发；在乌苏里江边，他听到了赫哲族人最纯正的歌谣；在一片盐碱地里，他从一群羸弱的绵羊眼睛里看到泪水似的东西在滚动；还有那在厚厚积雪下面仍然开放的无名小花，还有大山深处唯一一户人家大门上贴的极有文采的对联，还有废弃的破砖窑里的教室里传出来的琅琅书声，还有霓虹灯闪烁的城市深夜里一群说说笑笑的建筑工人……

那么多新奇的风景，那么多忙碌或悠然的身影，那么多迥然不同的生活，那么多走向各异的人生。一路走来，令他眼花缭乱，应接不暇。

他不只是一个行色匆匆的看客。有时，他会在某一个地方短暂地停留一下，会细细地观察和探访某些扣动他心灵的景、事、物、人，或许因一条河，或许因一个剪纸艺人，或许因一个新闻事件。他的好奇和热情，让他一次次地看到了事物更为深刻、更为隐秘的一面。但他本人拒绝成为新闻人物，也不愿被人看作“另类”。他说，他的行走，不过是一种生活方式而已，没有什么值得奇怪的。

他的皮肤被晒得黝黑发亮，一张脸消瘦得已没了昔日英俊的模样，常常蓬头垢面，衣服上总是散着浓浓的汗味。衣、食、住、行的各种开销，都被简单到了极点。

与他邂逅，是在夏日牛哞声声的乡间小路上。他穿着磨得发亮的牛仔服，戴一副有点儿夸张的太阳镜，头上扣一顶麦秸编织的草帽，身上是一个鼓鼓的帆布背包，一副十足的美国西部牛仔的样子。

“是什么让你如此痴迷于行走？”我很敬佩他的选择。

“因为心灵的召唤。”他的回答干脆而简洁。

“你肯定有过疲惫，有过寂寞，你有没有想过要放弃？”我继续追问。

“没有想过放弃，因为我的生命就在路上，行走，只是回应心灵的召唤。”他深邃的目光，一如广袤的蓝天。

这是一个诱惑多多的时代，是一个人们热衷于追逐利益和名声的时代，是喜欢复制他人生活方式的时代，已经很少有人能够像他那样静静地倾听心灵的召唤，能够像他那样选择自己的生命方式。

当然，我无意于批评他人的生活路径，也不想向人们推举他的选择。我只是想说：我们每个人都在路上，都在行走着，但别忘了一定要选好自己的方向，一定要选准自己的道路，走出自己生命的精彩。而最最重要的是，一定要倾听自己心灵的召唤,千万不要在茫茫的人海和纵横交错的路网中,迷失了自我。

行走,只为心灵的召唤。多么简单,又多么艰难。仅仅是想一想还不够,还需要真真切切地行动。

点评

“灵魂或者身体,总要有一个在路上。”这是许多人赞赏的人生选择。为着心灵的召唤,毅然地踏上远去的路程,一路风雨一路晴,有欢欣也有悲伤,有收获也有失落,那真实的一切,见证着生命前行的样子。

真正的富足是心灵的自由

他出身于贵族家庭，不仅从小衣食无忧，还接受了优质教育。

大学毕业后，他便在父辈的帮助下，进入证券领域，获得令人羡慕的发展机遇。

他凭借着聪慧和努力，很快便为自己赢得了一大笔财富，过上了上流社会人士才能享受的舒适无比的富足生活。

然而，他很快就对那近乎奢华的生活产生了一种难以言说的迷茫。独处时，他会悄然地问自己：生命的意义究竟是什么？灵魂的高处在哪里？

他找不到答案，将自己的困惑说给身边的朋友，朋友认为他身在幸福中还问那些虚无的问题，简直不可理喻。

于是，面对喧嚷的现实和世人忙碌的人影，他内心里有了一份挥之不去的刻骨铭心的孤独。

35岁那年的一个秋日，他在巴黎的香榭丽舍大街一角，碰见一位埋头拉小提琴的年轻人。

那位年轻人面色红润，穿着干净的廉价布衣，坐在一个石墩上，微闭着眼睛，指法娴熟地拉着一支古典乐曲，那副陶醉的样子，似乎早已忘了时光的流走，只有那些美丽的音符在身边飘荡。

他不禁驻足，跟着年轻人进入一个屏蔽了尘世嘈杂的清幽世界。

冥冥中，他仿佛听到了传说中的天籁之音，那般自然而真切。就在那一刻，他想到了搁置在童年里的画笔，还有那些不知散落在哪里的颜料。

一声热切的轻唤，让他的内心陡然一片澄明。

很快，他便做出一个让全家人竭力反对的决定——离开证券公司，去巴黎学习绘画。威严的父母，温婉、贤淑的妻子，和一双优秀的儿女，软硬兼施，都未能改变他的固执。他甚至不惜与整个家庭决裂，只留下一张纸条，上面淡淡的五个字——“我不回来了”。

然后，他带着很少的一点钱，只身前往巴黎。

他租住在肮脏廉价的旅馆里，吃最粗鄙的食物，买最便宜的颜料，从最基本的绘画技巧学起。有时，他会一个人呆呆地坐在塞纳河边，盯着那缓缓的流水，思绪悠悠，一坐就是一整天；有时，他会躺在树林深处的那些石碑前，聆听金黄的树叶静静地飘落；有时，他会仰望满天的星光，不知不觉地泪流满面……

40 岁时，身无分文的他，在朋友的帮助下，登上了一条开往南太平洋群岛的货船。他先后辗转于布列塔尼、巴拿马和马提尼克之间，提着一支简单的画笔，过着飘忽不定的日子。直到他登上风光迷人、远离现代文明的塔希提岛，他才欣然地停留在那个心喜的世外桃源中。

在塔希提岛上，他继续不停地追问：我们从哪里来？我们是谁？我们往哪里去？这些寻常人们很少思考、却始终缠绕他的哲学问题，如此深邃难解，但洋溢在他画笔下的，却是众多恣意汪洋的原始生命，他匪夷所思的构图和颜料搭配，令人很难理解他画作的内涵。

尽管他在美丽的塔希提岛上，结交了多位土著女性，但是没有一个女子能够读懂他心中那巨大的孤寂与清醒。12 年后，他怆然地来到西瓦瓦岛，于 1903 年孤独地死在那里。

直到很多年后，他的那些画作的价值和意义，才被世人所认识。他就是法国印象派的杰出代表——高更。

作家毛姆最著名的小说《月亮与六便士》，就是以他的人生经历为素材写成的。

高更有过物质生活极为优裕的前半生，他却没有因此放弃对心灵的深入叩问，他远离世间的浮华，走进了孤独的思考与找寻中，在人们难以理解中，品味到了孤寂的富足。在他那幅著名的画作《我们从哪里来？我们是谁？我们往哪里去？》中，我们能够感受到他震颤的灵魂，已走到一个令人仰望的高度。

许多人只看到了他的困苦与孤寂，却不知道他的心灵摆脱了物欲的束缚，自由飞翔，如塔希提岛上的鸟儿，那该是怎样一种旷世难寻的幸福？还有，他那穷尽生命的似乎永远没有答案的深邃思考，留给人们的又是何等宝贵的财富？

高更35岁开始的人生转弯,告诉我们:无论你过着富裕的生活,还是过着清贫的日子,都千万不要忘记寻找心灵的富足。因为只有通过那样的找寻,你的生命才会得到不断的滋养,你的灵魂才能获得真正的自由,你的人生才能抵达高阔的境界……

点评

生命是有限的,但生命的体验可以是无限的。高更是孤独的求索者,也是心灵富足的体验者,他用不懈的思考与找寻告诉人们:自由的灵魂,会抵达无限遥远而深邃的地方。

天使看见了她的爱

1974 年,她出生在英国的一个知识分子家庭,很小的时候,她便养成了“自己喜欢的事情就去做”的果敢性格。16 岁那年,学业优异的她,突然迷恋上了舞蹈,她毅然中断学业,进舞蹈团做了一名舞女。不久,因为欣赏了几次名模表演,她又对模特这一职业产生了兴趣,一番辛苦后,她居然真的走上了 T 型台。但不久,不甘寂寞的她,又被马戏团的种种冒险的表演吸引过去,经过一段鲜为人知的磕磕碰碰后,她如愿地加入了一个马戏团,快乐、自如地表演起了吊环、空转等惊险节目。闲暇时,她还去大峡谷探险,去远海潜水。就这样,她天马行空地做了一件又一件自己喜欢的事情。

22 岁那年,她安静地走进了伦敦大学,主修医学,希望自己能够像做医生的母亲那样,为他人解除伤病的痛苦。后来,她如愿地当上了主治医生。再后来,年轻貌美、能力出众的她,做了英国最大的医疗保健服务公司的主管,年薪十几万英镑,事业蓬勃,生活无忧,她成了令人羡慕的命运宠儿。

然而,2008 年的一次阿富汗探访之旅,一下子改变了她的人生走向。在喀布尔及其周边地区,跟随她前往看望的朋友,她走进了那些古风浓郁的原生态的村庄,走进了那些在干旱和贫瘠中坚挺的小树林,也走进了那些低矮的帐篷里,目睹了被人肉炸弹炸伤的妇女、被病魔折磨得瘦弱难堪的儿童,看到了那些无助的眼神,听到了那些痛苦的呻吟……原来,在那块美丽的土地上,还有那么多人需要关爱。而她,仿佛聆听到了生命深处热切的召唤,只一瞬间,她便决定留在那块需要播撒爱的土地上。

一向开朗、乐观的她,在博客上平静地写道:“就像受到命运之神的驱使,我立即决定留下来,医治那些不幸的人们,为改善他们的状况付出一切。”

2009 年,她跟随一支人道主义救援队,来到阿富汗北部的一个贫困山区。在那块满是疮痍的土地上,她和队友们一道遍撒爱的足迹,到处留下了她快乐忙碌的身影：帮眼疾的阿婆找回光明，帮难产的孕妇母子平安，帮患流感的儿童又能去开心地玩耍……她东奔西走地筹钱，建诊所，组织空运和分发药物，建立慈善组织“阿富汗之桥”、拍摄向世人展示阿富汗妇女痛苦的纪录片……她常常是一分钟前还在做手术，一分钟后又奔赴另一个救援现场。

穿行在战火与恐怖丛生的地域，全力地医治疾病和伤痛，她从不谈主义，也不谈宗教，她只带来医术和药品，只带来心灵的安慰。她不愿被人们称赞为“爱的天使”和“伟大的奉献者”。

“我只是做自己想做的事情，帮助人很有乐趣。”这是她简单的心愿，也是她冒着生命危险留在那里的主要原因。

父母特别担忧她的安危，一次次催她赶紧回国；深爱她的男友也与她约好了婚期。然而，还有那么多的人，还有那么多的事情，让她牵挂，让她不忍离开。她想再多做一点事，再多帮一个人。她说过：“很奇怪，这里的人，就像我的亲人，让我想不顾一切地保护他们。”

然而，不幸却晴天霹雳般地降临到了她的头顶。2010 年 8 月 6 日，她和队友顺利完成了巴达赫尚省的一项医疗援助任务，在返回首都喀布尔的途中，他们遭遇到一伙武装分子的袭击，她被残忍地杀害了。

天使的热血，洒在了她深爱的土地上，她纯净的微笑，定格成了一座爱的丰碑。

她叫吴凯伦，一个带着纯净的爱在人间行走的美丽女孩，生命绽放绚丽如花，生命凋谢令人扼腕痛惜。相信天使一定会看到她的爱，会漫过她钟爱的山山水水和无数的心灵。

点评

偶然在电视上看到吴凯伦美丽的身影，知晓了她令人感慨唏嘘的人生经历，我不禁叩问心灵：谁说远方那些陌生的人们，与自己并不相关？带着悲悯的情怀，在人间行走，才是生命最美丽的样子，会令许多语言瞬间黯然失色。

向尊重致敬

1899年,俄罗斯著名画家列宾,第一次来到距离圣彼得堡仅有40公里的风光旖旎的芬兰湾,便深深地迷恋上了这块有着天然油画色彩的土地。在那里生活了一个多月后,他越发喜欢上了这块洋溢着艺术气息的风水宝地。于是,他毫不犹豫地买下芬兰湾岸边的一个庄园。庄园内有一栋三层的小木楼,附近是一湖清莹莹的碧水,四周则是茂密的橡树。列宾亲昵地将庄园命名为"别纳特",俄语的意思是"老家"。

每天埋头绘画之余,列宾常常走出庄园,漫步于林中的幽深小径,倾听林间清脆的鸟鸣,嗅着橡树散发的清香,或者干脆坐在那些松软的树叶上,仔细地欣赏一只勤快的蜘蛛,怎样不辞辛苦地在树枝间编织一个漂亮的网,或者冲着那只迅急跑过的野兔欣然一笑。有时,他也会端坐在湖边,望着盈盈的湖水,细碎的阳光撒在肩头,温馨的风轻轻拂过,他的思绪会在一片沉浸的惬意中,悠然远去……

那绝对是一个静谧、安和的理想的居所。许多作家和文化名人,也常常慕名前来别坎特庄园欢聚,像托尔斯泰、高尔基、叶赛宁、夏里亚平等人,都曾是庄园里的常客。

那是至今想来仍让人神往的一段好时光:一群才华横溢的艺术精英,怀着创作的热情和交往的真诚,聚拢在列宾的小木屋里,随意地坐着,站着,轻轻地走动着,壁炉里木柈子噼噼啪啪地燃烧着,桌上的咖啡飘着馨香,一个话题接着一个话题,轻松地交流,热烈地辩论,每一张脸上都洋溢着真诚与幸福。

有人说,列宾的"老家"是一个名副其实的艺术之家,是一个特别招人喜欢的艺术驿站。

然而,平静、自由的日子,还是一度被战争的硝烟冲散了。1942年,纳粹德军隆隆的装甲车,冲入了芬兰湾,别坎特庄园也被占领了。率军进入庄园的德军上校冯·卡登是一个酷爱艺术的军官,很欣赏列宾的作品。他命令士兵仔细搜查庄园,期望能找到一张列宾的画作。然而,他失望了,庄园内有价值的东西已悉数转移。当摧毁已成习惯的纳粹士兵,欲将庄园付之一炬时,冯·卡登上校果断地上前制止了他们。他对士兵说了这样一句话:“我们可以参观艺术家的居所,但没有权力毁坏它。”说完,他郑重地向小木屋敬了一个军礼,带着他的队伍向别处开拔。

由于冯·卡登的一句话,别坎特庄园得以完好无损地保留下来。如今,那里已成为一个特别值得拜访的名人故居,每年都会接待许多来自世界各地的游客。每每听完讲解员介绍别坎特幸存的故事,总有游客情不自禁地对冯·卡登上校送上一份特别的敬意。

是的,冯·卡登上校对艺术家的尊重,正是对人类美好艺术的尊重。这样由衷的尊重,足以跨越民族、政治、信仰等鸿沟。这其中,闪耀的不只是一个人的艺术品位,更是一个人的精神境界。

数年后,站在当年冯·卡登上校敬礼的地方,我向他致以一个来自中国的普通游客真切的敬意。谢谢他,谢谢他不仅保护了一个艺术家的故居,也保护了我们无数心灵中那些柔软而温暖的东西。

点评

比艺术的光芒更耀眼的,是灵魂的高尚与尊贵。敬重艺术,会让一个人变得更加优雅,变得更有品位。冯·卡登上校的一句话,不仅保护了一个艺术圣地,更保护了我们生命中不可或缺的精神家园。穿越时空,我们仍要以艺术的名义,向他致以深深的敬意。

幸福着他们的幸福

那天，在商城的一间饰物精品屋，偶然看见一件装饰笔记本电脑的布艺品，先是惊讶于创作者的慧眼独具，竟想到要给电脑专门配一个漂亮的装饰，继而更赞叹创作者的慧心与巧手——一块看似普通的棉布，就那么简单地裁剪几下，再用五彩丝线编绘出简洁、别致的图案，看起来赏心悦目，用起来方便、舒适。

真是一个构思奇妙的佳作。我毫不犹豫地一下子买了两个，自己留一个，另一个送给爱好收集各类与众不同的艺术品的好友巍子。

我在电话中向巍子兴奋地报告自己的意外收获，巍子笑着直夸奖我“挺有审美眼光的”。

“想认识一下它的作者吗？”巍子突然开始吊我的胃口。

“当然想了，难道你认识？”我竟有些急切。

“岂止是认识呀？我们还可以称得上是朋友呢，她就住在市郊我表妹家的后院，明天我就带你去她那里。”巍子的语气里透着骄傲。

“那好，我们明天就去拜访你的这位艺术家朋友。”嘴里答应着，我丰富的想象已开始轻舞飞扬了。

在路上，我惊愕地得知马上要见到的是一个叫悠然的女孩，她今年20岁，因患有先天性肌肉萎缩症，她已被困在轮椅上15年了，现在腰部以下肢体僵硬得已没有丝毫的感觉。

“真是一个不幸的女孩！”我不无同情地慨叹。

“她的确是一个不幸的女孩，可是，她一点儿也不比我们缺少幸福。”巍子眼睛里流露着明显的敬佩。

“哦，是吗？”我猜想着她的样子，更急切地想见到她了。

悠然的小屋装饰得像一个美丽的童话世界，大大小小、形形色色的各种精巧的饰物，被她锦心绣手地看似那么不经意地一组合、一搭配，竟胜过了许多奇妙无比的天才设计。

坐在轮椅上的悠然，生了一张白净的娃娃脸，乌黑的秀发上栖着一个红色发卡。我们进屋时，她正在电脑前津津有味地欣赏世界田径锦标赛转播。

“你还喜欢体育节目哇？”从巍子那里我得知她爱好广泛，爱读书、爱唱歌，喜欢绘画，喜欢编织各类手工作品。

“还不是一般的喜欢呢，可以称得上是酷爱了，几乎所有的体育比赛，我都愿意看。”她的眸子里闪烁着纯真的光泽。

“为什么？”我有一点儿不解，因为她身体的与众不同。

“因为我不能奔跑，不能跳高，不能跨栏，不能投掷……可是，我可以欣赏那些参与体育运动的人们，可以感受他们伟大的梦想、顽强的拼搏、收获的喜悦以及痛苦的遗憾，看着他们幸福地运动着，我心里也是幸福的，因为我在幸福着他们的幸福。”悠然轻轻地给出了我意想不到的美好答案。

“幸福着他们的幸福”，多好的选择呀——自己不能拥有，就欣然地关注他人的拥有，梦想着他人的梦想，快乐着他人的快乐，每一寸心田都绽放出幸福的花朵，由此，简单的小屋便连通了辽远而广阔的世界，每个日子都洒满了温馨的阳光……抱着这样的情怀，在人间行走，一生簇拥的，必然是绵绵无绝的幸福。

点评

为别人的幸福而幸福，是一种懂得欣赏的生活态度，亦是一种豁达的精神追求。既然自己无法飞速地奔跑，就将由衷的掌声献给那些奔跑的身影；既然自己无法翩然起舞，就欢喜地欣赏别人优美的舞姿……如是，自己也就拥有了一份别样的幸福。

举手之间，善美花开

那个周日的早上，我把女儿送进了艺校舞蹈班，便朝新华书店的方向走去。

穿过两条小街，我的目光忽然被前面十字街口一群围观的人吸引过去。走近了，只见一个胖胖的中年妇女，正大嗓门地训斥着一个眼含泪珠的小女孩，小女孩五六岁的样子，干瘦的身子，穿着一件肥大的衣裳，正垂着头瑟瑟发抖。从胖女人向围观者絮絮的吵嚷声中，我大概了解了事情的前因后果——原来，小女孩经常在这个报摊周围转悠，馋巴巴地看着报摊上那些花花绿绿的杂志，却没有钱买。那天，她趁胖女人不注意，从书摊上拿了那本封面有一个金色小浣熊的画报便想跑，被胖女人发现了。

胖女人说自己早就瞧她的眼神不对劲儿，果然是个小偷，非得把她的父母找来，让他们好好管教管教她。

小女孩小声地辩解着："我不是小偷，不是小偷，我要买那本画报。"

"买画报？你的钱呢？"胖女人一脸的鄙夷。

"我要回去找妈妈要，明天是我的生日，妈妈会给我钱买生日礼物的。"小女孩揉搓着宽大的衣襟。

"哼，还在撒谎。"胖女人不屑地说。

"真的，我……我……我没有撒谎。"小女孩急得脸都红了。

这时，我径直走过去抱起小女孩，从她的衣兜里掏出十元钱，塞到她的手里，对她说："孩子，你怎么忘了，妈妈昨天就已经给你买书的钱了。"

"我……我……"举着那张崭新的钞票，女孩不无疑惑地望着我。

"孩子，快去把钱送给阿姨，说一声对不起，我们回家过生日。"我放下小女孩。

"你是她的什么人？"胖女人惊愕地望着我。

"我是她的舅舅，我可以证明她不是小偷，今天和明天她都不是，她只是太想得到那本画报了。”我郑重地一字一字地强调。

“就信你一回吧。”胖女人麻利地找零，我把那本小女孩心仪已久的画报交到她手里，抱着她昂然地走过众人注视的目光。

“舅舅，我不认识你呀！你怎么知道妈妈给我兜里装了钱？我早上起来掏兜时还没有呢，妈妈什么时候放进去的？”小女孩仰起灿烂的笑脸。

“可是我认识你呀，或许是妈妈太忙了，就让圣诞老人悄悄放进去的吧。”

“舅舅说的对，妈妈整天忙着收废品，特别忙，准是她让圣诞老人悄悄放进我衣兜里的。”小女孩欢快地跳起来。

接下来，我从小女孩的讲述中，知道了她叫小雪，她的爸爸因病去世后，她和妈妈相依为命，妈妈干过很多脏活累活，现在正和几个老乡合伙收购废品。妈妈说要给她攒钱，让她像城里的孩子一样去读书。

12 年后的一个夏夜，我随手打开电视，本省电视台一个很有名的访谈节目正在进行中。那天，坐在主持人面前接受记者采访的，是一个豆蔻年华的少女。作为本市今年的高考状元，她没有谈自己刻苦学习的经历，而是动情地讲述了自己六岁时的一件小事。

哦，是小雪。我的眼前立刻又浮现出那个早上她捧着画报时的神情。

果然是小雪。她讲完了故事，拿出了那本精心保管的画报，封面上那只憨态可掬的小浣熊，仍那样地惹人喜爱。小雪举起画报，冲着电视机前的观众，满怀感激地说道：“就是这本洒金的画报深深地影响了我的人生，它让我永远地记住了一个简单而深刻的道理——无论是自己多么喜欢的东西，都要光明磊落地去获得，而不能找任何借口去玷污它。当年，那位好心的舅舅悄悄塞到我兜里的十元钱，不仅帮我洗去了‘小偷’的污渍，还让我懂得了这世界上有那么多的真爱，就在我们的身边，我们每个人都会遇到。那天，当我向妈妈讲起这本画报的由来时，妈妈就叮嘱我，一定不要辜负了好心舅舅的关爱。”

真没有想到，当年极其偶然的一个小小的善举，对小雪竟会那样重要。

“现在，我要向那位至今不知名的好心的舅舅再次大声地说一句谢谢，谢谢您送给我的最珍贵的生日礼物。”小雪将那本画报抱在胸前，起身深鞠了一躬。那一刻，我看到主持人的眼里也盈满了晶莹的泪花。

哦,我也应该谢谢小雪,因为她,我才恍然发觉:纵然只是微不足道的一缕阳光,也会温暖风中的一枚叶片。每个人都不应吝啬爱的播撒。有时,即使是陌生人不经意间一点点的爱,也会迸发出无比神奇的力量,诞生令人惊讶的美好。

点评

一念善起,一举爱生。寻常日子里,或许只是不经意间的一次爱意的馈赠,便能诞生令人欣喜的美好。仔细地观察,生活中总有那么多感动,簇拥在我们的周围,让我们真切地感受到——多一份爱,便会多一份欢喜。

第五辑　边走边唱，做最美的自己

不用羡慕别人的优秀，不用模仿别人的生活，你的人生你做主。找到自己的方向，就会找到自己前行的路，且行且歌且珍惜，就像世间没有两片完全相同的叶子，独特的你，理应有与众不同的人生，做最美的自己，从容、淡定、洒脱，无怨无悔。

最幸福的理发师

在寸土寸金的繁华商业街角，有一个毫不起眼的小小理发店，店内只有一位白发如雪的老理发师，带着一个勤快的年轻助手。

老理发师名叫黄文昌，已经85岁了，依然精神矍铄，耳不聋、眼不花，理起发来，那一招一式，还是那么手法娴熟，干净利落，令人叹为观止。

老理发师从12岁开始做学徒，15岁开始拿剃刀给顾客理发，早已“阅头无数”，技艺越发精湛，以至炉火纯青，人送美名“黄一刀”，在上个世纪六七十年代，他技艺超群、收费却一向低廉的事迹还上了省报。

如今，各类美发屋遍布大街小巷，各种时尚的发型设计理念不断更新，各种现代化的理发工具也在不断涌现，而黄文昌的理发观念始终以追求舒适为主，不赶时髦，不求新变，收费依然低得可怜，就连他手上的理发工具，也几十年没有变化，仍旧主要是一把推子和一把剃刀。

他的理发店规模一直不大，这几年，多是一些老年人和一些收入偏低的人光临。

那天，我陪新华社一位记者采访归来，得知他的故事，记者好奇地让我带他去认识认识这位高龄的理发师。

走进门脸不大、装修简单得近乎寒碜的小店，黄文昌正笑容可掬地给一位老者理发。

只见他穿着一件很干净的白色大褂，左手抚着老者的头，右手握着一把擦得锃亮的推子，咔嚓咔嚓地修剪着，剪下的碎发，很听话地被他轻轻甩入脚边的一个纸桶里，地上几乎不见一丝。

过了一会儿，他又用剃刀背轻轻地摩挲几下老者的脖颈，然后轻快地刮去上面残留的几许发根。接下来，他又拿出一个形状特别的耳勺，帮老者掏出耳朵里的残茧，喜得老者连连慨叹“真舒服”。

他又让年轻的助手打来一盆清水，他亲自为老者洗去头上和颈间的发滓。最后，又认真地端详了一番，才满意地点点头，接过老者的五元钱报酬。

整整40分钟，我和记者坐在旁边看着他有条不紊地忙碌，简直是在欣赏民间艺术表演。

我不解地问他这么大年纪了，为什么还要出来给人理发，他笑着回答了两个字——高兴。

我又问他："只是剪一个普通的头，赚钱不多，为什么要花那么多时间，还要那么认真呢？"

"那是我的职责啊，习惯了。"他喝了一口茶。

我惊讶："您这么一把年纪了，那可不是轻松的劳动啊！"

他依然笑容满面："你不知道，听着推子咔嚓咔嚓地游走，看剪下的头发轻轻飘下，心里别提有多么舒坦了，简直是一种享受哇。"

哦，原来是这样——在我们的眼中看似很辛苦的劳动，在他那里只是一种快乐的享受，根本没有劳累的感觉。

而接下来记者的一番聊家常般的采访，让我们更是惊讶不已，感慨不已。

实际上，他生活条件优裕，手头一点儿也不缺钱，他用理发赚来的钱资助了好几个贫困学生，现在还给两个大学生邮寄学费呢。

他还有两个特别有出息、特别孝顺的儿女，儿子是一家著名跨国集团的总裁，女儿是一位副厅级干部。儿女曾多次劝他不要再去做理发师了，好好在家享享清福。他却说最好的享受是做自己喜欢的事，儿女要给他投资一个好的美发屋，他不同意，理由是跟那个陪伴了他几十年的小理发店有感情了。再说，他现在给人理发，赚的就是快乐，一间小店足够了。

记者敬佩地问他打算将理发店开到何时，他呵呵地笑着说："只要干得动，就会一直开下去。瞧我现在这精神头，估计当个百岁理发师问题不大呀。"

黄文昌老人那毫无遮拦的快乐，深深地感染了我和记者，走出小店很远了，我们还在不约而同地连连慨叹：他是我们遇见的最幸福的理发师。

道理再简单不过了——做自己喜欢做的事情，并懂得享受做事过程中点点滴滴的快乐，便自然会拥有浸润心灵的幸福，久久地陪伴在自己的人生之路上。

点评

黄文昌老人淡泊名利，只管去做自己喜欢的事情，充分享受做事的快乐。一个懂得写作之道的人，也一定会把写作当成一件快乐的事情，全身心地投入其中，充分享受写成的乐趣，而不是将写作当成一种任务，更不会将其视为负担。

无言的爱

岁末,分散在各地的学生相约一起回到那个僻远的山村,看望他们尊敬的启蒙老师。

簇拥在老师周围的,有副县长,有大公司董事长,有著名作家,有大学的教授……每个学生都一边表达着感激之情,一边欣然地汇报着自己足以让老师骄傲的成绩。

大家说说笑笑地讲述着,彼此间不由得暗暗地较起劲儿来——谁也不服谁,争着证明自己才是老师最有出息的学生。

老师笑盈盈地看着虽已人到中年却依然像当年一样孩子气十足的学生们,不时地点头赞许着。

这时,一直在外面劈柴、担水的张朋轻轻地走进来,蹲在外屋烧着火炕,默默地听着他那一个个神采飞扬的昔日同窗自豪的讲述,自卑和羡慕都一览无余地写在了脸上。

大家仍在热烈地比试着各自的成就,似乎都忘了外边还有一位刚刚解决温饱问题的老同学张朋。

中午到了,学生们纷纷提议开车去乡里找个饭店热闹一下,老师却坚持在家里吃一顿便饭。这时,大家才恍然注意到在厨房里一直忙碌的张朋。他们夸奖还是那样不善于言表的老同学能干,并慷慨地表示有需要他们帮忙的地方尽管开口。张朋感激地应答着,谁也不让插手,一个人锅上锅下地忙碌着。

很快,一桌丰盛的饭菜摆好了,大家都围着老师坐好了,张朋却说什么也不肯上桌,他说他要为远来的同学们服务一次。

老师笑着将他拉在身边坐下来,举起杯子,朗声道:“今天,我非常高兴,我的学生个个都很有出息。尤其要感谢张朋,这些年来,里里外外帮我干了数不清的活。”

“老师，那还不是应该的吗？我也没别的能耐，不像他们那么有出息。”张朋一脸的腼腆。

“不是老师偏心，也不是因为你帮我干的活儿多，就冲着你对老师这份感情，要我说呀，张朋是一点儿也不逊色呀。”老师拍着张朋的肩膀，望着一个个得意的弟子，一脸郑重地说道。

直到这时，大家才蓦然发觉：这些年来，大家一直在忙着各自的一摊子事情，有时连给老师一声问候都忽略了，唯有当农民的张朋在始终默默地关照着老师的生活，帮着老师经营责任田、修房、劈柴、担水……

没错，一个懂得把爱回报给恩师的学生，即使他是一个很卑微的小人物，他也依然是可敬的，不仅仅是在老师的心目中。

点评

每一棵小草都无须自惭形秽，每一个卑微的小人物都值得尊敬。有出息的学生，未必都是功成名就的，一个懂得感恩的学生，永远是老师心目中最优秀的学生。就像有些文章，简简单单，朴实无华，也会感动读者。

怀揣两块糖

那是一个阳光明媚的午后，在山西一个偏远而清苦的山村，来自大洋彼岸的金发女孩玛丽亚，正在心中慨叹这里的生活实在太穷困了。

忽然，她的目光被一株百年老树下那位白发苍苍的老妇人吸引了。老人衣着简单，微眯着眼睛，一脸慈祥地跟一个小男孩说笑着。玛丽亚好奇地停下脚步，不远不近地站定了。她听到老人给小男孩出了一个字谜："一人本姓王，怀里揣着两块糖。"那个小男孩显然此前听说过这个字谜，立刻大声回答："金"。老人满意地咧嘴笑了，从贴胸的衣兜里掏出两块水果糖，一块递给男孩，一块送到自己嘴里，两人甜甜地吮吸着，似乎正享受着无边的幸福。

玛丽亚羡慕地望着面前这被快乐包围着的一老一少。蓦然，她想起了祖母那栋带大花园的漂亮别墅，想起常常邀请一帮孩子到家中分享她的糖果和故事的祖母，想起祖母和孩子一样单纯而畅快的笑声。

原来，快乐和幸福，就像阳光一样无所不在。一个人，无论身处怎样的境遇，无论是富庶还是清贫，只要他怀揣着两块糖，一块慷慨地赠人，一块留下自己慢慢品尝，就自有真实的快乐如泉涌来，自有绵绵的幸福飘逸在生活当中。

就是那两块普通的水果糖和那两张纯朴的笑脸，让玛丽亚做了一个一生骄傲的选择——留在中国西部，做一名帮贫助困的志愿者，播撒更多的快乐和幸福。

后来，玛丽亚和村里人一起劳动，给村里的孩子上课，还帮助山村招商引资，办起了一个农产品加工厂，让那里的村民的日子一天天富裕起来。村民感激地称她是"幸福天使"，她却笑着说自己只是与大家一起分享了兜里的两块糖，她还要感谢大家呢，是与他们在一起追求、奋斗的那些日子，让她发现自己原来还能够做那么多的事情，让她品味到了从前所没有品味到的无比的甜蜜。

阅读玛丽亚芬芳的小故事，我不禁怦然心动：原来，获得幸福就这么简单，不需要太多的寻寻觅觅，不需要太多的权衡论证，只需怀揣两块糖，慷慨地与人分享，就完全可以拥有快乐的时光，就可以拥有幸福的人生。

点评

写作也是一种分享，与人分享自己独特的见闻，分享自己丰富的思想感情，分享生命中所遇见的那些善、那些美，还有那些爱。真正优秀的写作者，会拿出读者喜欢的作品，与读者分享一道道精神的美食，在分享中品味快意人生。

谢谢你纯真的赞美

那是暮春的一个午后，刚刚遭遇了失去工作、失恋双重打击的他，又被告知患上了一种罕见的属于自身免疫系统的疾病，目前医学界尚无有效的治疗方案。

握着那张冰冷的诊断书，他突然感到自己眼前的世界一下子倾斜起来，四周的高墙都向他挤压过来，压得他喘不过气来。

缴清了房租，他握着仅有的71元钱，对着镜子里憔悴的自己苦笑了一下，一个强烈的念头立刻攫住了他的心——既然这个世界已经不喜欢自己了，又何必苦苦地留恋呢？

他生平第一次走进了麦当劳，花掉了70元钱。然后，他平静地来到那栋摩天大楼前，想最后再看一眼这座曾让他向往让他伤心的美丽的城市。

在走过大楼前的广场时，他的脚步明显快起来，他不忍看那几位正悠闲地打太极拳的老人，更不忍看不远处那两对亲密的恋人，似乎他的目光一迟疑，就会改变已拿定的主意。

“叔叔，你能帮我把风筝放到天上吗？”一个打扮得像花蝴蝶的小女孩，拖着一个红蜻蜓形状的风筝，仰着头向他求援。

“我……我……”他想说自己已很久没有放过风筝了。

“我都放好长时间了，都没放起来，妈妈也放不起来。”小女孩汗津津的小脸和亮晶晶的眸子，在诉说着她曾怎样地努力过。

“好吧，让我来试试吧。”他不忍看到小女孩的失望。

可是，费了好大的劲儿，风筝也只飞起了两人多高，他心里开始堆积起新的沮丧，小女孩却兴奋地喊着：“哦，叔叔，你真棒！我的风筝就要飞起来喽。”

也许是受了小女孩快乐的感染，他开始认真地琢磨风向、角度、力度等，开始细心地总结一次次失败的原因。终于，风筝一点点地升起来了，越升越高。追着高空中飘动的风筝，他和小女孩的眼里和心里都填满了快乐。

“叔叔，你真棒！”小女孩崇拜地一遍遍地赞扬他。

“我真的很棒吗？”刹那间，他的眼里浸满了泪水，只为小女孩的赞叹和不远处小女孩母亲那阳光般的微笑。他忽然意识到自己差点儿做了一件最傻的事——风筝可以一次次地跌落到地上，但最终还是能够升起来的，一串梦想打碎了，还可以再放飞一串嘛。在这个大千世界里，自己虽然不是最棒的那一个，但也不能做最差的那一个呀。

他甚至为自己那没出息的想法羞愧起来。帮着小女孩将风筝放得更高更高，在小女孩“叔叔，你真棒”的叫喊声中，他的心田里撒满了明媚的阳光。

后来，他以积极的心态开始了新的生活，他找到了一份理想的工作，并开始写作，他漂亮的文字感动了许多的读者，其中有一个美丽的女孩因此执着地爱上了他。三年后，当他再去医院复查时，医生惊讶地问他用了怎样的良方，因为他的病情非但没有发展，反而有了明显的好转。

于是，他向我的那位经验丰富的医生朋友讲述了上面这个故事，他说，正是那个小女孩的一句纯真无邪的“叔叔，你真棒”，让他恍然发现了自己还能也应该去做许多事情，而在充实的做事情的过程中，他感觉到一个人好好地活着，实在是一件很美的事。

很简单也很神奇——改变命运走向的，往往只是一些微乎其微的小事，一句话，一个微笑，甚至一个眼神，只因那纯净的赞赏与爱，春风化雨般地滋润了心田，于是，就有了梦想、热情、勤勉，就随之演绎出了无数的神奇与美好……

点评

这是一个很优秀的朋友给我讲的故事，他说那个小女孩的一句鼓励，陡然驱散了他心中的苦闷，让他走出了痛苦的深渊。我们每个人都需要一碗碗爱意盈盈的“心灵鸡汤”的滋养。

流水照花

她虽不是一个自恋的女子，却特别喜欢照镜子。她搜集了许多大大小小的镜子，卧室、化妆间、卫生间、厨房、客厅、书房，随处都摆放着镜子。她自己戏言已成了“镜子控”，似乎离开了镜子，她就会有强烈的失落感。

她对镜理云鬓，对镜贴花黄，对镜整理衣衫，对镜扮鬼脸，对镜放歌，对镜饮酒，甚至对镜叹息，一颦一笑，一动一静，都在镜子里面。

心理学研究发现，人们在照镜子时，会自动进行脑补，镜中的自己比真实长相会好看30%。她知道自己长得并不美，属于那种走进人群里，可以被忽略不计的对象。她喜欢照镜子，与孤芳自赏无关，与顾影自怜无关。无论是光彩照人时，还是神情暗淡时，她都会照镜子，甚至一个人懒散地窝在床上，或睡眼惺忪地打呵欠时，她也习惯于照镜子，似乎只有对着镜子，她才有了安稳的感觉。

她不是在照镜子，而是在照流水一样的时光。一位诗人朋友如是说，她也默许了。

那天，在一本时尚杂志上，她看到一篇描写好莱坞影星英格丽·褒曼的小文，提到褒曼生命最后的那几年，一个人的时候，特别喜欢照镜子，那位作者想当然地猜测——褒曼一定是意识到自己已人老色衰，她想在镜子里找回从前那些漂亮的影子。对此，她哑然一笑，自己才知道褒曼突然热衷于照镜子的真正原因，但她不说，那也是她心底的秘密。

那年春天，闻听大学里结识的一位挚友猝然辞世，她怔怔地坐了一个上午。因为半个月前，她们还相约一同去看极光。

一捧捧的花瓣，缓缓地撒到江水中，看着那些鲜艳的花瓣，随着悠悠的江水，朝远方流去，她眼里闪动着晶莹，胸腔里涌着无言的悲伤。

她看到映在江水里开始发福的身影，看到时光漫过面颊的痕迹。蓦然，“流水照花”这四个字，闪电般地将她击中：不能回头的岁月，已无声地带走了那些青春飞扬的日子,带走了那些缤纷的梦想和澎湃的激情,就像那些从枝头飘落的花瓣,无论自己伸出的双手,怎样努力地挽留,都只能徒唤奈何……

回到家中,她做的第一件事,就是将许多镜子都打包尘封起来。她已经知道,该来的总会来,就像自己无论是否照镜子,时光都会在自己身上留下鲜明的刻痕,她能够做的,唯有依从岁月无法抗拒的安排。

多年以后,坐在那个叫“好时光”的咖啡屋里,她向我讲述自己一个人和一堆镜子的往事,笑容里闪着慈祥的光,暖暖的,让人心生感动。

点评

生活中,有些美妙的景象颇耐人寻味,“流水照花”便是一个很有诗意的情境:流水般的光阴里,花自自然然地开、自自然然地落,一切都那样从容,那样优雅,而我们的生命,亦应如此,美丽如花。

懂得心疼

暮春时节,我独自坐在故乡低矮的山冈上。一块块青葱的田野簇拥着小小的村落,素洁的云朵在头顶悠悠地飘移着,几声清脆的鸟鸣不时地响起,似在提醒我面对的已不是从前的景象。一些蒲公英黄色的小花散乱地开着,泥土潮湿的气息混着残枝败叶发酵后的特殊味道,被微风带向了远方,连同花蕊年轻的梦和小草卑微的心愿。

一枚青青的柳叶悄无声息地飘下来,在我的肩头稍微一停,便躺在了脚边。

拾起柳叶摊于掌上,那清晰的脉络上正写满生命苍翠的本色,那青春燃烧的热望,在阳光中流泻得一览无余。

落叶不只是在秋天哪!抚摸着这枚提前坠落的柳叶,我胸腔里顿时有莫名的伤感冉冉而来。

我突然想起了只在一起念了半学期的一位小学同窗,他总拖着长鼻涕的形象,和老师对他那"写得像鸡爪子划拉的字"的评语,竟烙印一样深深地刻在了我的记忆之中。而现在,他永远地睡在了山脚那条小河边,一场突如其来的山洪定格了他的16岁。据说,那天他是自告奋勇地去帮瞎眼的德福公公放羊,是为了救那只溺水的小羊而遭遇不幸的。

我有很多朋友,优秀的如顶天立地的大树,平凡的如毫不起眼的小草。常常于不经意间,我会情不自禁地想起他们中的一些人,想着他们各异的面容和故事,随即,就有温馨、温暖、温柔、温润……不约而同地走来,让我倍感拥有朋友的幸福。可蓦然间,意识到他们当中的某一位会在某一天突然永远地不辞而别,心里便会陡生一份凉意。虽然我明白,那是岁月不可抗拒的法则,我们只能看着那一天日升日落一样地来临和走远。然而,我仍有挥之不去的疼痛,隐隐在心。

我把那枚柳叶轻轻地放到草丛里面,我希望那些正抓紧时间葱茏的草,也能有与我一样疼痛的感觉。其实,关于生命的开始和结束,我所认识和理解的还远远不足，尤其是在那些被浮躁和忙碌裹挟的日子里，我的心很容易变得迟钝、麻木，变得轻飘，若失了根一般。

“别踩疼了那些雪”，一位第一次见到洁白雪花的女孩，告诉她的父母在雪地上要轻轻地走。我清楚地知道，女孩诗句一样温柔的叮嘱里，装的不只是晶莹如雪的爱，还有飘舞在人间的美……

懂得心疼，无论是对自己还是对别人，都是一种真、一种善、一种美，都会抚摸许许多多意味深长的细节，都会咀嚼很多很多平淡无奇的琐屑，会敞开心灵接纳更多的阳光，也会尽情地向世界播撒阳光……

点评

记得一位美国作家曾经说过：“带着悲悯的情怀写作，会让笔下的文字流淌出有质地的温柔。”没错，柔柔心疼，会让作者或酣畅淋漓地挥洒，或惜墨如金，因为那些浸润心灵的心疼，会缤纷而美丽了思绪。

幸福像花儿一样

在英国利物浦市郊一个人口不多的小镇上，人到中年的詹妮开了一家不大的花店，虽然生意不十分兴隆，可詹妮仍每天笑容可掬地照料着小店。没有顾客的时候，她就捧起厚厚的画册，悉心地钻研插花艺术。她弄来一个个精致的花瓶，将那一束束带着泥土馨香的鲜花，很艺术地组合到一起，并为它们一一起了诸如“一往情深”“梦想缤纷”“雕刻时光”等好听的名字。有时，出神地看着自己的一件件杰作，她竟会忍俊不禁。

除了兴致勃勃地经营自己的花店，詹妮还喜欢购买彩票，她每周去附近的投注站买一次，每次只买两张彩票，而且是随机选号，从不花费时间和精力去琢磨如何提高中奖率的问题。十多年里，她连一次小奖都没有中过，但这并未妨碍她一直饶有兴致地购买彩票，似乎她在做着一件很幸福的事情，能否中奖并不是她所关心的。

2009 年 12 月 7 日，像往常一样，詹妮坐在花店里，认真地剪裁刚刚运来的鲜花。在整理那些废弃物时，不经意地一瞥，她看到了包裹鲜花的一张两天前的报纸上刊有彩票中奖的信息。她拿出随手夹在那本插花艺术的书里的彩票，幸运之神这一次竟然眷顾了她，她中了一千万英镑的特等奖。那一瞬间，她有些不敢相信自己的眼睛了，她忙打电话向远在几百英里外一个农场里种蔬菜的丈夫欧文报喜。欧文激动地向她祝福，然后问她计划怎么支配那笔丰厚的意外收获。

这真是一个重要的问题，的确应该好好想一想。这么多年来，她第一次在周一关闭了花店，整整一个下午，她都在思考着该怎么去支配这笔飞来的巨奖。她想到了去国外旅游，想到了购买一栋别墅，想到了给丈夫换一台新车，也想到了去伦敦投资一个更大的花店……那么多纷涌的想法，搅得她一时心海难平，兴奋中裹挟着焦躁与迷乱，脑袋也有些发胀得疼痛起来。

又经过一夜的思索，詹妮终于想出了一个最简单的支配方案——将大奖所得全部捐献给一个医疗基金会。主意初定，她又给丈夫打了电话，欧文说只要她高兴，他就全力支持。于是，捐了大奖的她继续愉快地经营起自己小小的花店，她还像以前那样买彩票，她的丈夫依然津津有味地帮着农场主种菜，一双儿女依然快乐地骑着单车上学……她的生活丝毫没有因为中大奖而有所改变。

后来，一家报社的记者得知了詹妮的事情，敬佩而不解地问她为何做出那样选择，她一脸轻松地回答："因为幸福"。

"幸福？只是因为捐赠而幸福？"记者面带困惑。

"捐赠的确是一件幸福的事情，最重要的是，我原来一直生活得就很幸福，我有一个好丈夫，有两个好孩子，还有自己喜欢做的事情，我没有因为中奖而改变我已经拥有的幸福生活，这就是我丝毫不后悔那样做的原因。"詹妮笑容满面，手里依然摆弄着鲜花。

"其实，那样的一笔巨奖完全可以让你们的生活变得更富足、更幸福的，比如你可以拥有一个更大、更漂亮的花店。"记者还是有些不解。

"可是，我现在已经在享受幸福的生活了，分一些幸福给别人，不是更好吗？就像我守着这些鲜花，我已经看到了它们的美丽，闻到了它们的芳香，让更多的人欣赏到它们的美丽和芳香，是我最愿意做的事情，也是最让我幸福的事情。"詹妮纯净的眸子里，闪着晶莹的亮光。

哦，原来如此！

很多时候，幸福缘于一种发自内心的喜欢，跟金钱的多少没有必然的联系。面对眼前那如花的笑靥，记者不禁感慨万千。

点评

在一堂作文辅导课上，我讲到文章的选材要新颖，而且要富有生活气息，于是便讲了詹妮的故事，指导完学生，我的创作热情也遏制不住了，便一气呵成写成了这篇文章。当有了写作的灵感，一定不要错过，要赶紧进入写作状态。

爱的对面也是爱

寒假里，家住农村、生活一直贫寒的他，来到城里打工，给自己赚下学期的生活费。

虽然他只有17岁，但作为家中的长子，他早已干过很多的脏活儿和累活儿。所以，只要能够及时地发工钱，他并不挑剔干什么活儿，不管是去建筑工地搬砖，还是攀高楼擦玻璃，他都乐呵呵地去做，从不吝惜汗水，从不偷工减料。他说："人家看重的就是咱这一把力气，不能省着不用啊。"

一次，他和几个搬运工去给一个教授搬家。明明事先已讲好了价格，可那几个搬运"老江湖"刚搬了几件东西，便故伎重演地要求教授再加一点儿工钱。教授不答应，那几个人就磨磨蹭蹭地不愿干，甚至还摆出撂挑子的架势。教授急得不知如何是好，他过来劝那几个临时凑到一起的同伴："我们还是先把活儿干好吧，别再难为人家了。"

"你小子在这里做什么好人哪？有能耐你自己去搬。"那个胖子大声呵斥他。

"不是我要做好人，我是说做人做事要厚道。"他据理力争。

"你厚道，你就多干一些，我们少干一些，但工钱要拿一样的。"几个人讥笑着难为他。

"没问题，我多干一些。"他竟然爽快地答应了。

那几个人故意刁难他的"逞能"，不仅把最重的几个大件都让他来扛，还把怕磕碰的冰箱、电视机等东西交给他来搬运。他一趟一趟楼上楼下地穿梭，累得双腿直打战，汗水湿透了衣衫，头发湿得像在水里洗过一样。

当他把最后一件东西搬进教授的新家时，他一下子瘫坐在地上，大口地喘着粗气，连那份平均的工钱都接不住了。

教授感动地要塞给他二十块钱小费表达心意，他摇头谢绝了："说好的，是多少就是多少，不能多收的。"

那几个同伴便笑他太傻了。

他不置可否，坦然地走了。每次干活，仍是特别卖力气，只为挣一份心安理得的工钱。

冬日的一个早上，他正在落雪的人行道上匆匆地走着，他要先去邮局给家里寄一笔钱，然后去接一个同乡介绍的一份好活儿。忽然，他看到一台没有牌照的小车将一位老人刮倒在路边，肇事的小车飞快地溜走了，只留下昏迷的老人躺在地上。过往的路人生怕招惹麻烦，纷纷躲到一边，只有他赶忙跑过去，伸手拦了一辆出租车，把老人送到了附近的一家医院，并掏出了兜里的钱把老人送上了手术台。

老人的家人赶来后，以为是他惹的祸，非但没有感谢他，还要让他拿医疗费。而这时，被摔成脑震荡的老人也不能帮他说明真相。他百口莫辩，委屈得眼泪都出来了。争执了两天后，恰巧一位当天的目击者来医院，把当天的事情经过告诉了老人的家人。

老人的家人羞愧难当，他们说没想到一个打工者会做出这样的好事，忙拿出一笔钱来答谢他。他拒绝了："碰上这样的不幸，你们心情不好，我能够理解。再说了，我做这件事可不是为了让你们感谢的。"他一身轻松地离开了医院。

同乡知道他为救一个素不相识的老人，不但丢掉了一份好活儿，还受了一顿冤枉，直笑他太傻了。

他却呵呵地笑着，一脸的无悔无怨："傻就傻吧，反正我没做错事。"

如今，他依旧是那座城市里辛苦的打工者，依然喜欢犯傻，做了很多叫人摇头的"傻事"。

快开学的那一天，他买了文具，刚一出商店门，就听到有一位姑娘高喊着抓小偷，他毫不迟疑地朝那个逃跑的小偷追去。小偷见他追近了，从兜里掏出一把刀，威胁他不要靠前。他稍一愣，从地上捡起一块砖头，舞动着扑了过去。小偷扔掉手里的包，想夺路而逃。他将包递给随后追来的姑娘，又继续追赶前面的小偷，直到将其抓住，交给赶来的警察。这时，他才感觉到胳膊有些疼，原来，自己刚才与小偷搏斗时，胳膊被刀划伤了，正流着血。

一位记者报道了他的事迹，他的名字和照片上了那座城市非常有影响力的晚报，给人们带去了很多的温暖和感动。人们都说他像电影《天下无贼》里的傻根，傻得亲切，傻得可爱。

他帮助的那个姑娘的父亲，拥有一家很大的公司，为表达感激和敬佩之情，特别资助了他高中全部的学费，并告诉他可以随时去自己的公司打工。同时，还将他的父母安排到公司里面，让他们有了体面且收入稳定的工作，日子一天天地好起来。

他就是我乡下邻居家的孩子陈大军。陈大军用真实的经历告诉我们——有些傻，其实更可爱。厚道地做人做事，可能会吃亏一时，但不会永远吃亏。赠人玫瑰，手有余香。你心中能经常地想到他人，他人也会想到你。

点评

“赠人玫瑰，手有余香”，一句俗语道出了生活中常见的美好，慷慨地赠送给别人一份爱，自然也会欣喜地收获一份爱，爱来爱往，美善传递，每一缕爱的春风拂过的地方，都自然会花香满径。

母亲一直在倾听

母亲先天聋哑，一辈子陷在无声的世界里。

他小时候，口吃很严重。母亲领着他四处求医，尝试了各种治疗方法，虽然收到了一定的疗效，但他说话快了仍会有些口吃。

听一位医生介绍，口含石子不仅可以练习发音，还可以缓解肌肉紧张，有助于矫正口吃。他就每天口含鹅卵石对着一面小镜子，练习快速地朗读文章。而母亲每当忙完自己手里的活儿，总会静静地坐在一旁，微笑地看着他，一幅沉浸其中的样子。

后来，听说经常唱歌，对校正口吃也有帮助。于是，一有空闲，他便站在院子里扯着嗓子唱歌，一首接一首，尽管跑调难听，可在他跟前的母亲却听得津津有味，眼睛里流露的全是赞赏和骄傲。

初中快毕业时，他代表学校去乡里参加演讲比赛。很少出门的母亲早早地坐在了台下，在他的演讲过程中，母亲一次次地使劲为他鼓掌，好像他是所有选手中最棒的。只有他知道，他那慷慨激昂的演讲，母亲其实一句也听不到，但她似乎完全明白他演讲的内容，眼睛里的喜悦阳光一样无遮拦地流淌着。

高二那年，他想买一台复读机提高自己的英语听力和朗读能力，但窘迫的家境让他几次欲言又止，父亲知道他的心思，却只能无奈地叹息，只能安慰他——再想想别的办法吧。

距高考的日子越来越近了，而他实在想不出更好的办法来提高自己的听力。那天，他正对着刚刚发下来的英语考卷黯然伤神——30 分的听力题，他只听清楚 4 分的题。

这时，母亲赶了上百里的山路，风尘仆仆地来到了县城一中，欢喜地递给他一台崭新的复读机，然后便匆匆地搭便车回家了。

寒假回家，他才从父亲那里得知母亲悄悄地变卖了她唯一值钱的东西——

当年结婚时外婆送给她的一对祖传的银手镯，为他买了那台复读机。

望着母亲那赤裸的被艰辛岁月弄得明显粗糙的手臂，他心头滚过一阵难言的灼热——谁说母亲什么都听不到？母亲不仅看得到，更听得到。

接到大学录取通知书，他一个字一个字地念给母亲听，母亲孩子一样幸福地听着，脸上溢满了兴奋。

再后来，每当他取得一点点的成绩，回到家里，他都会兴致勃勃地讲给母亲听，而母亲总会慈爱地望着他，满脸堆笑地认真倾听着，好像一切都听得明明白白。

那天，他正跟母亲絮絮地述说着他的大学生活，一位高中同窗突然来访，惊讶地问他："你说的那些，母亲能听得到吗？"

"当然能听得到，虽然她的耳朵听不到，可是她的眼睛会听，她的心会听啊。"他自豪地告诉同窗。

他说很对，母亲一直在悉心地倾听着他成长的脚步声，她听得真真切切，因为她用的是一颗挚爱的心灵。

点评

有读者惊讶地问我：看你的生活也那么平淡无奇，你怎么会有那么多的写作素材？我告诉他们：我喜欢观察，喜欢倾听，更喜欢感受。这篇文章所写的内容，是我在旅途中听到的，当时，我就感受到了一种倾听的美丽，并由此诞生了这篇文章。

汇款单里的爱

每个月末，同事小刘都去附近邮局，给家住长沙的母亲寄钱，而每次汇钱的数目几乎都是固定的200元，只有年终那个月多出200元。

那天，我与小刘正在书店逛得兴致勃勃，他忽然像发生了什么重大事情似的，一拍脑门："哦，差一点儿忘了，今天要给母亲寄钱的。"

"明天再寄吧，早一天晚一天还不都一样吗？"我很不理解他为什么非要在月末寄钱。

"不行的，母亲会牵挂的。"小刘一脸的认真。

"你母亲似乎也不指望花你的钱哪。"我知道他母亲的退休工资就足够用了，他还有一个生意做得风生水起的姐姐住在长沙，也十分孝顺，母亲根本就不缺钱。

"是的，我寄给母亲的钱，她几乎一分都不花，每次取出来后，她就放到另一个存折上，她说要帮我攒着将来买房子用。"小刘告诉我。

"那你还让母亲折腾什么呢？你干脆自己存着，或者直接把钱打到她的存折上多省事呀？"我有些困惑。

"你不知道，我邮寄的不是钱，而是幸福。"小刘微笑着说。

"邮寄的是幸福？"我更加纳闷了。

"是啊，母亲曾告诉过我，她经常到邮局取钱，许多人都认识她了，她每次取钱的时候，他们都会夸奖她养了一个孝顺的儿子，常常给她老人家寄钱。这时，母亲就会高兴地向他们讲述另一个成功而孝顺的女儿的故事，幸福地接受众人的羡慕和赞叹。"小刘眉宇间流露着自豪，仿佛做了一件非常了不起的大事。

"哦，原来是这样！"我的眼前不禁浮现出这样的情景：一位安享晚年的母亲，总会在临近月末的那几天，一次次翻动日历，带着一份孩童般的认真，热情地迎接那如期翩然而至的绿色汇款单，掩饰不住的欣喜溢满了双眼，在无数个平常的日子里，在等待、取钱、存钱、讲述、回味的每一个时刻，她的心底一定涌动着绵绵的幸福暖流。

没错，就在那一张张穿越万水千山的汇款单里，正藏着一份慧心的爱，藏着许多无言的深情厚谊，那样真实得触手可及。

点评

有时，望着那些散发着泥土芳香的小花小草，竟也有满怀的感动。有些寻常的小事，却有着不寻常的内涵。就像文中小刘的那一张张穿越万水千山的汇款单，凝结的是沉甸甸的爱，温馨而又智慧，令人感动不已。

冬日里的那缕温暖叫永远

那时已是深冬，他和几位工友还留在北方一座城市里焦急地等待着一年的辛苦打工钱。几个人兜里的钱越来越少，他们的伙食差到了极点，每天吃的都是低价买的有霉味儿的陈米，菜则是从市场上捡回的发黄的菜叶和菜帮，放一点儿盐煮一煮，一点儿油水也没有。

有人实在熬不住，便带着深深的失望回去了，最后只剩下他和另一个年轻人在苦等着。

一天早上，他照旧去市场上捡菜叶时，碰到几个外省的打工者，从他们无所忌讳的交谈中，得知他们常常到附近居民楼的楼道里偷一些人家储藏的过冬菜。听他们说得那么轻松，就像拿自家的东西一样，他的心立刻被挠拨得痒起来。

回到栖身的阴冷的工棚，他跟那个正愁眉苦脸的同伴一说，同伴的眼睛也亮了起来，难熬的苦日子让两人也不去多想什么后果了，只盼着夜晚早早来临。

晚上 10 点多，天空飘起了稀稀落落的雪花，他和同伴互相鼓动着朝附近一栋高校教师宿舍楼走去。

很快，他们就在一个单元五楼的楼梯口，发现了住户储存的白菜、土豆等，他们慌乱地装了一方便袋土豆，又拿了一串咸萝卜干，便急忙往楼下跑。

毕竟是第一次做这种事情，他紧张得心脏都要跳出来了，他的同伴更紧张，在快到二楼时竟一脚踏空，顺着楼梯滚了下去，藏在怀里的土豆也散了一地。偏偏这时，又从外面进来几个人，他们慌张地夺路要逃，他手里的咸萝卜干也掉到了地上。

一个中年妇女正好推门出来，一见他们那心虚的眼神和他手里的咸萝卜干，恍然大悟地大着嗓门喊道："好哇，这回可抓住你们了，这几天放在楼道里的东西丢了不少，原来是你们干的。"

"我们是第一次来这里，以前不是我们偷的！"他争辩着，眼泪都要急出来了,心里直后悔今晚不该来。

听到吵嚷声,又有人从屋里出来,开始七嘴八舌地批评他们不该偷东西,有人还要打电话叫派出所来人把他们带走。

这时,五楼的刘教授走过来,仿佛很熟悉似的对他说:"原来是你们俩呀,怎么才走到这儿?我给你们拿的菜呢?"

"刘教授,您认识他们?"那个大嗓门的妇女一脸的惊讶。

"他们是我乡下的亲戚,在附近的建筑工地上打工,我刚才给他们拿了一点儿不值钱的菜。"刘教授微笑着向众人解释道。

"哦,原来是这样。"有人开始不好意思了,有人小声嘀咕:"看他俩那憨厚的样子,也不像是小偷,差点儿错怪人家了。"说着,人们便四下散去了。

"谢谢您,先生。"他感动得眼泪都要流出来了。

"不用谢我,我知道你们肯定有难处才来这里的。但是,我要告诉你们——无论多么难,都不要做错事。"刘教授把那个"错"字咬得很重。

"我们记住了!"两个人一起大声地回答。

"先把这一百块钱拿去花吧。"刘教授拉住他的手。

"不,不,您没有把我们当小偷看待,还认我们是亲戚,我们就感激不尽了。"眼前这位慈眉善目的刘教授,让他想起了故乡的祖父。

"拿着吧,小伙子,要不就算是我借给你们的吧,谁让我们是亲戚呢。"刘教授微笑着,不容推辞地将钱硬塞到他的兜里。

"您为什么要这样帮我们呢?"他激动得双手颤抖。

"因为我知道,有时,一点点的善,就能久久地温暖一个人,而一点点的错,也会毁了一个人。你们还这么年轻,今后的人生还长着呢。"刘教授最后一句话特别加重了语气。

没错,就是在那个冬天的夜晚,因为遇到了刘教授,他对那座城市和人生都有了新的认识,他不再抱怨人情冷漠,不再因为个人的得失而迁怒于社会和他人,而更多的是带着爱意生活。

再后来,无论日子多苦多难,他都咬牙挺过来了,再没有产生过一丝的邪念,因为他始终铭记着刘教授那温柔的目光和那慈爱的叮嘱……

点评

也许你的一个善意的举动，就会给他人莫大的帮助，甚至可能会因此改变一个人一生的走向。回望来路，我特别感激那些曾给予我各种帮助的人，或许那只是他们的举手之劳，却深深地影响了我的人生，令我感恩一生。

提醒，是一种特别的爱

那是很多年前的一个冬日，我在一个末等小站等候晚点的列车。

暮色降临时，我已将随身携带的两本杂志翻烂了，听说还要等两个小时，我无奈地将杂志盖在头上，在空落落的候车室里昏昏欲睡。

朦朦胧胧中，感觉有人碰了碰我的胳膊，睁开眼睛，发现一个衣衫不整的聋哑乞丐正站在面前。我刚要恼怒他惊扰了我的睡意，忽见他“啊啊呀呀”地指着墙上的时钟，大声地冲我比画起来。这时，广播里响起了列车进站的通知。

哦，我恍然大悟——原来他是在提醒我别耽误了上车。

我感激地朝他点点头，他竟像讨到了大块金子似的，蹦跳着走开了。

整个旅途中，我的眼前不时地浮现出那位乞丐的面容，我的心被他那善意的提醒温暖着，一股亲切的感觉始终洋溢在周围……

现实生活中，我们每个人多么需要这样坦诚无私的充满爱意的提醒啊。

细细想来，在生命的旅途中，能拥有那来自四面八方的种种提醒，该是多么令人欢欣鼓舞哇。那是一双双关切的眼睛，在注视着我们前行；那是一块块清晰的路标，指示着我们前行的方向；那是迷茫中的一盏灯，那是陶醉时的一缕清风，那是求索中的一份勉励，那是落寞时的一语问询……

提醒，可以是婉转的和风细雨，也可以是走了火的雷霆霹雳，可以是片语只言，也可以是絮絮叨叨；可以直对相知的友人，也可以朝向素不相识的陌路人；可以是面对面激烈的争辩，也可以只是悄无声息一个暗示的眼神……提醒可以不拘泥于时间、地点，提醒的方式也不必统一，但其共同之处却是显而易见的——提醒，包容着爱意，寄寓着期待，蕴藏着关心……

在提醒中，我们会蓦然发觉，有那么多善良的心灵在呵护着自己，有那么多热情的手在扶持着自己，有那么多的同路人在向着一样的高地攀缘；在提醒中，我们会有心灵的怦然一动，会有眼前猛然一亮，会让心头的阴郁陡然消散；在提醒中，我们读懂了亲情、友情、爱情，其实都是弥足珍贵的真情，就洋溢在我们每个人的周围，美丽着我们每个注定不会平淡的日子。

点评

谁不曾提醒过别人？谁又不曾被别人提醒过？提醒，是岁月中一种特别的爱。善待那一个个纯洁无瑕的提醒，就是在不断地延续着我们的生命，就是在朝着美好的方向坚定地走去。

母亲不为儿子骄傲

母亲是个普通得不能再普通的农村妇女，识不了多少字，田里、家里的活儿，做得也很一般，但有一样很特别的，那就是对子女的期望总是很高很高，在她眼里，自己的孩子理应是最出色的。

读小学时，我就常常得双百，每当我雀跃地拿着成绩单给母亲看时，她至多是扫上一眼，淡淡地说一句："知道了，别骄傲得翘尾巴啦。"至于奖励，那是一点儿也别指望。这还不算，当左邻右舍的叔叔婶子们见了面夸奖几句时，母亲总是不以为然地回一句："小孩子家，吃得饱，穿得暖，又不干什么活儿，得个双百还不是应该的？"

上中学了，家里困难，不能给我买自行车，我要用我的两片脚板一步一步地丈量那十多里的山路。每天，天刚蒙蒙亮，我就背上干粮上路了，要花掉一个多小时，才能赶到那所无电、无水的简陋得不能再简陋的乡中学。

风里来雨里去，我备尝求学的艰难，更加用功了。三年后，我以超出录取分数线三十多分的成绩考上省重点高中——县城一中，并且是乡中学四年来唯一考取县城一中的。要知道，进了一中，就意味着半只脚已跨进大学的门槛，对母亲而言，则意味着她期望儿子走出山村的梦想就要成为现实。

拿着录取通知书，父亲满脸的喜悦无以掩饰，大声地提议摆两桌，请亲戚朋友来庆贺一下，母亲却摇头道："只是去县城读书罢了，没啥值得太高兴的。"母亲的一瓢凉水迎头浇下来，让我心里很是不服气了一阵子，私下里直埋怨母亲的心太高，一点儿也不为儿子骄傲。慢慢地，我就暗暗地告诉自己：一定要考上一所名牌大学，让母亲为我骄傲一次。

高中三年，我勤奋异常，体格一向不错的我，甚至累昏过一次。功夫不负有心人，黑色的七月过后，我终于拿到了北京一所著名大学的录取通知书。整个村子都沸腾了，因为我是全村有史以来第一个考上大学的，而且是去北京上学，连乡长都来祝贺。好多人都建议这回可要好好庆祝一下，父亲也开始张罗着要好好操办一下，但最后还是让母亲给推掉了，她说还是省了钱，让孩子好好念书吧。其实，我知道母亲心疼钱是假的，她只是不愿意太张扬了，可我在心底里却更加深信母亲是不为儿子骄傲的。

四年的大学生活，我又拿了不少的奖，父亲和亲属们都感到面子上很光彩，唯有母亲每每总是淡然处之，似乎我所取得的一切成绩，都不过是极其平常的，根本不值得夸耀。

待到我写了许多文章，成了省作家协会的会员，母亲依然如此。终于有一天，我按捺不住，问母亲真的不为儿子骄傲吗？

母亲依旧淡淡地说："你觉得你很优秀了，其实你只不过尽了努力，你所取得的成绩是理所应当的。"

我还想辩解，但母亲转身忙自己的事去了，留我在那儿呆呆发愣。

今年的春节，当我将新出版的散文集拿给父母看时，我看见母亲的眼里闪过一丝惊喜，只是口中仍平淡地告诉我还得继续努力。

母亲去了厨房，父亲跟过去，悄声问她真的不为儿子骄傲吗？母亲轻声却难掩喜悦地说："哪里的话？我不夸奖他，只是不想让他沾沾自喜，想让他更努力些，做得更好些……"

至此，我才恍然明白了：在母亲的心里，她一直在为儿子骄傲着，只是她选择了那样一种看似淡然的方式。

我真的要感谢母亲，那淡然的背后蕴藏着怎样的一种深沉的勉励呀，那正是我成长中不可或缺的源源不竭的动力。母亲将对儿子的骄傲深埋在心底，我却要大声地喊出来——我为母亲而骄傲。

点评

天下的父母，在内心里其实都为自己的儿女骄傲。只是父母有时将骄傲藏而不露，甚至有时故作毫不在意，他们一直期盼着儿女优秀一些，再优秀一些。直到某一天，我们才能真正懂得为父母赢得一份骄傲，那么容易，又那么必要。

你是我的好兄弟

在那个飘雪的冬日，一位出版了十几部作品的农民作家，深情地向笔者讲述了自己写作道路上经历的真实故事——

因为家里太穷，我高中没有读完，就出来打工了。最初是在饭店端盘子、洗碗，可是，在饭店打工挣钱太少，年龄稍大一些，我便去做油漆工、装卸工、搬运工、修路工等，尝试了各种各样的重体力劳动。虽然累一些、脏一些，可我不在乎，只要能多赚一点儿钱就行，因为我那个穷困不已的家庭，特别需要我每个月都能多拿回一些钱去。

后来，进城打工的人越来越多，我很难找到一份相对稳定的工作，一段时间里找不到合适的活儿，是常有的事情。空闲时，我便找一些报刊翻阅，翻着翻着，便萌生了写作的念头，因为我在杂志上看到一个比我读书还少的农民，竟成了作家，还找到了一份好工作，依靠写作彻底改变了自己的命运。我也幻想着能够像他那样，用一支笔写出自己更好的未来。

原来上学的时候，我就挺喜欢写作的。这突如其来的愿望，让我立刻热情地拿起笔来，开始书写这些年来的苦辣酸甜。听说我要写作，父母叹息着直摇头，说我太不务实了。一同打工的那些人，见我一有闲暇，不是抱着一本书，就是在琢磨着文章的构思，或者拿着笔在一个小本子上不停地记呀写呀，也大多不屑地看我，不相信我能写出像样的东西，更不相信我能实现作家梦。甚至有人直截了当地说，像我这样出苦力的人，要是能吃写作这碗饭，那作家就遍地都是了。还有人相互打赌，说我连能够发表的文章都写不出来。

对于大家的怀疑和嘲笑，我一开始还能理解，心里也憋着一口气，想尽快用行动证明自己。我勤奋地写作，写好了稿子便投寄出去。但好长一段时间，寄出的稿子，大多泥牛入海，偶尔有一封回信的，也是告知退稿。

遭遇了一连串的失败后，我自己也有些动摇了，暗想：当初选择写作是不是有点儿头脑发热？是否该像那些靠卖力气的打工者一样，安心地去干体力活儿，不再做那缥缈的作家梦。我正为自己是继续写下去还是就此放弃犹豫着，一位亲戚说他认识在市残联工作的一位女诗人田莉，说她发表了许多文章，对文学青年很热情，人们都敬重地称她田大姐。亲戚让我把写的东西拿去，让她看看我有没有写作的潜力，是不是当作家的料。

我拿着一大摞手稿，忐忑不安地走到田大姐面前，她微笑着请我坐下，跛着脚过去给我倒了一杯水，然后仔细地翻阅着那些文章。读毕，她目光柔和地夸赞我的感受力不错，悟性很好，有一定的写作潜能，只是在写作技法和语言方面还有些欠缺，但可以通过努力去弥补。她说只要我坚持下去，一定能够写出好作品。她说以后遇到写作方面的问题，可以随时去找她，我们可以一同切磋。她还建议我先练习写故事，然后再写小说。

田大姐最让我感动的一句话是——“兄弟，我相信你。”抱着田大姐送给我的杂志和稿纸，我兴奋得几乎要跳起来了。田大姐的鼓励和指点，不仅让我找到了写作的方向，更坚定了写作的信念。

从此以后，我每写出新文章，就拿给田大姐看。每一次，她都会认真阅读，先肯定成功之处，再帮我找出问题，引导我去改正。尽管她工作很忙，自己还要写作，但我每次到她那里求教，她都会热情地接待我，不厌其烦地为我解答写作中的一些困惑。她还帮我买了一台二手电脑，手把手地教我学会了打字。市里有一些文学活动，她也总想着带我去参加，让我认识了更多的写作者，从他们那里学到了很多东西。

还记得，我的第一部长篇小说写成后，她拖着那条伤残的腿，四处奔走，帮我联系出版社，去找省钱的印刷厂，比自己的事还上心。

看到我的书籍摆到了书店的柜台上，父亲兴奋地喃喃道：“想不到，我这出苦力的儿子，也能写出书来呀。”父母让我好好感谢我的文学领路人田大姐。可是，我每送给她一点点东西，她都会加倍地回赠我。她说，我的成功是自己闯出来的，她只不过做了一点点微不足道的事情。她让我不要总是怀揣感激，那样，我们就无法做好朋友了。后来，我就送给她一些父母种的绿色蔬菜，她很喜欢，但她又送了我茶和酒，说是送给我父母的，并称这是“互通有无”。

现在，田大姐搬到广州和女儿一起生活。我每有新作发表，都第一时间向她报告，每有新书出版，都第一时间给她邮去。她的那一句“兄弟，我相信你”，让我走上了写作之路。在我生命的历程中，她那双深情凝望的眼睛，让我一路温暖地前行。

“真羡慕你，能够拥有这样一段美好的经历。”笔者情不自禁地想起了温暖自己生命的那些兄弟姐妹，想起了许多温馨的往事。

真好，我们每一个人都可以在生活中，遇到那么多心灵相握的朋友，都可以骄傲地告诉别人“那是我的兄弟”，也可以真诚地说“兄弟，我相信你”。有时，亲切地叫一声兄弟，会温暖一生。

点评

在写作的道路上，我有幸遇到了许多好编辑，他们的热情鼓励、真诚帮助，让我少走了不少弯路，而彼此间的坦诚相见，让我们成了非常好的朋友。我真切地感受到，因为同样的热爱，会让心与心的距离变得很近。

流泪的散沫花

那是一个寻常的秋日，阳光静静地照着利比亚的边境小镇德希巴。

哈桑老人踉踉跄跄地走出低矮的房门，颤巍巍地走到大门口，青筋暴起的手，缓缓地抚摸着那两枚炮弹壳做的花盆，微眯着眼睛，看着里面栽种的三株散沫花。似乎那美丽的花瓣，正散发着美妙的香味。

炮弹壳是儿子德萨四年前从山谷里捡回来的，散沫花也是他亲手栽下的。那年，他刚刚 15 岁，长得黑瘦，还有些木讷。但是，哈桑记得德萨说过，散沫花又叫指甲花，花和果实都是上好的染料，他还说等花开了，先给母亲的指甲染漂亮了。

哈桑开心地笑了，她知道儿子会做得很棒，尽管儿子的音容笑貌，在她最清晰的记忆中，永远地停留在了他 3 岁时，她的双眼什么都看不见了，她在黑暗中已摸索了 12 年。

她没想到，德萨把散沫花栽下没多久，便在一个雨夜，被一伙拿枪的人连哄带吓地带走了，从此再没回来。在她心中，德萨还是一个需要她照顾的孩子呢。

散沫花开出了淡淡的小花。德萨托人捎信回来，说他加入了一支为和平而战的队伍，说他现在能吃饱饭了，还胖了一点儿，叫她不用牵挂他，只管在家里安心地等他回来。

儿子信里说的很多话，哈桑不明白，因为那些话像广播里说的那样冠冕堂皇。她清楚，儿子的智商明显低于同龄的孩子，他学说话晚，10 岁才去学校，但只念了两个月的书，因受不了小朋友的嘲笑，加上家里又没钱，他就辍学回家了。那信是别人代写的，有些句子，她得慢慢咀嚼，才能似懂非懂。所以，她恳请邻居替她将那信念了一遍又一遍，才宝贝似的将它塞到床底下。

德萨走后，哈桑经常失眠。聪明、健康的孩子出去当兵，家长都要牵挂，何况儿子还是那个样子。只是，她不能把担心说出来，她还要骄傲地告诉邻里乡亲，她的儿子自立了。

那天，哈桑又对着散沫花说起了心里话。自从德萨离开家以后，她就习惯了和散沫花说话，似乎它们懂得她的心思，能够看得到她的喜怒哀乐，尽管它们始终默默无语。而她，更懂得它们的心思，她与它们可以无话不说。

其实，家里还有一个叫阿莎的女儿。只是阿莎先天痴呆，比德萨还大两岁，却一直需要她照顾。德萨在家时，哈桑可以轻松一些，他一离开，阿莎频频惹祸，先是被热水烫伤了大腿，无钱医治，变成了一个瘸子。接着，她又玩火，把家里的草房点着了，差一点儿把母女二人活活烧死。

最令哈桑难过的，是在她午睡时，阿莎淘气地将三株开得正盛的散沫花全从炮弹壳里薅出来，将它们摊在阳光里曝晒。

哈桑发现后，赶紧将它们重新栽回去，还新填了些沙土，浇了水，心里默默地祈祷上苍，让它们重新活过来。

那天，哈桑第一次狠狠地打了女儿两巴掌。打完了，她便抱着女儿一起不停地流泪。

还好，在她的精心呵护下，那株已发蔫的散沫花又恢复了生机。

令哈桑忐忑不安的是，德萨的信断了快两年了。儿子最后一封信里，说他奉命去执行一项重要任务，如果有机会路过家门，他一定回家看看母亲，看看自己栽的散沫花长多高了，开的花多不多。他还说，他回家要做的第一件事，就是给母亲染指甲。

哈桑相信儿子的话，更相信自己涂了散沫花的指甲，一定会很漂亮。独处的时候，她就幸福地想象着那个甜蜜的时刻——德萨怎样细心地给她涂指甲，自己又怎么用那漂亮的十指，温柔地抚摸着德萨和阿莎那泛黄、卷曲的头发，再把他们一一地搂在怀里，听着他们年轻的心跳，嗅着他们身上各种好闻的味道，汗味、草味、沙土味……

10年前，她差一点儿随丈夫一同在那场车祸中离开人世。她本来已被放进棺木里了，可固执的德萨哭叫着不让下葬，或许是他太想留住母亲了，不相信她会撇下他和姐姐。而奇迹，真的就诞生了，就像那晒蔫的散沫花，昏睡了一整天后，她竟又活了过来。

有人感叹哈桑的命真大，她却轻描淡写道：“我是母亲，还有两个需要照顾的孩子，单是为了孩子，我就得努力地活长一点儿……”

尽管医生早就宣布她患了严重的心脏病，需要住院治疗。可是，生活始终拮据的她，只是服用过一点点廉价的草药，从未到医院住过一天。她曾两次突然晕倒，不省人事，最终却顽强地从死神那里挣脱出来。

她笑呵呵地告诉邻里，她还不能死，她还得等着儿子回来给她涂指甲，还要帮他娶媳妇，何况女儿也离不开她呀……

然而，她最终没能等到儿子回来。那天，她像往常一样，慢慢地采着散沫花。忽然，她眼前一黑，便一头栽倒在地上。这一次，她没能奇迹般地苏醒过来。

哈桑不知道，一年前，德萨就在执行任务中遇难了。

但愿，在另一个世界里，她能够遇见朝思暮想的儿子，欣然地将捧在手里的散沫花瓣递给他，微笑着摊开双手，慈爱地望着这个4岁才开口喊妈妈的儿子，看着他将自己的指甲涂得漂漂亮亮……

在利比亚的很多地方，都能见到美丽的散沫花。可是，我却愿意将那株散沫花叫母亲花。听到去利比亚旅游的朋友向我讲了哈桑老人的故事后，我立刻有了这样的命名冲动。我相信，天堂里的德萨会同意的，人间的阿莎也会同意的。

点评

这是一位游历过许多国家的朋友给我讲述的一个真实的故事。记得听完故事，我慨叹了一句：“原来，天下的母亲都是一样的。”无论贫穷还是富有，无论尊贵还是卑微，母亲的爱，都像阳光一样活泼，一览无余。